SALOMÉ
et les femmes de parole

NATHALIE CHARLES

SALOMÉ

et les femmes de parole

1. TROUVER SA PLACE

RAGEOT

À mon père,
à mes enfants,
et à toutes celles et ceux
dont la parole me porte…
Avec un hommage particulier
à la lumineuse et courageuse Simone Veil,
dont la voix résonne pour toujours
et qu'on ne réduira jamais au silence.

Cet ouvrage a été imprimé sur un papier
issu de forêts gérées durablement,
de sources contrôlées.

Couverture : Naomikado

ISBN : 978-2-7002-7365-6

Intello : Déformation du mot « intellectuel ». Adjectif et nom commun utilisés dans le langage populaire avec un sens négatif. Signifie « qui passe son temps dans les livres », « meilleur élève de la classe », « prétentieux qui se la raconte ». Il suffit de porter des lunettes et de tenir des conversations un peu évoluées pour être traité d'intello. Même chez les adultes. Mme Fourmain, notre prof de français, nous a pourtant expliqué que les intellectuels étaient indispensables car ils faisaient reculer l'ignorance. Elle a dit cela parce que le surnom d'intello, au collège, ça se distribue plus facilement que des bonbons. Et moi, j'en ai écopé. Bien que je ne porte pas de lunettes.

Moi, c'est Salomé Lortal. Fille unique en son genre. Dix ans, une petite taille, un grand frère. J'ai aussi des cousins, une grand-mère et une cochonnette d'Inde. Sans oublier Emma, ma copine extra, la reine des pensées profondes. Heureusement qu'elle est là ! Entre mes parents qui m'appellent « ma puce » et ma rentrée en sixième dans un collège tout neuf qui n'a pas de nom, j'ai du boulot pour m'imposer !

ENTRER DANS UNE NOUVELLE VIE

– Bonjour, ici Salomé pour l'émission *Nouvelle maison pour nouvelle vie*. Bienvenue au 34 rue des Bruyères ! Aujourd'hui, nous faisons découvrir à Emma Rodriguez la maison de la famille Lortal qui vient de s'installer dans le quartier de la Vallée.

Emma, ma copine extra, à qui je viens d'ouvrir la porte, éclate de rire.

– À quoi tu joues avec cette brosse à cheveux, Salomé ?

– Quelle brosse à cheveux ? Tu ne vois pas que c'est un micro ? je plaisante. Je suis en train d'imaginer un programme télé. Allez, entre !

Jusqu'à présent, Emma et moi, on ne se voyait qu'à l'école. Mais depuis cet été, tout a changé. Je viens d'emménager à deux rues de chez elle. On est voisines et on pourra aller ensemble au collège. Je suis trop contente de lui montrer ma nouvelle maison.

– Prête pour la visite ?

Elle acquiesce en souriant. Je prends le ton d'un agent immobilier.

– Voici le salon. Grande pièce lumineuse, agréable pour se détendre et même pour travailler avec son coin bureau-ordinateur.

– Ça sent encore la peinture, lance Emma en fronçant le nez.

– Les travaux ne sont terminés que depuis deux jours. Félix devait aider les parents, mais cette andouille s'est cassé le poignet en tombant d'hoverboard le mois dernier. Il y a eu du retard.

Félix, c'est mon grand frère. Il va entrer en seconde à Gustave-Eiffel, un lycée privé. Mes parents pensent qu'un lycée privé a de bonnes techniques pour obliger les grosses flemmes comme lui à travailler et que ça vaut le coup de payer cher. Moi, j'estime qu'ils jetteront l'argent par les fenêtres, mais il paraît que ça ne me regarde pas.

Emma explore la cuisine et se plante devant la porte-fenêtre ouverte.

– Trop chouette. Il est trop bien, ton jardin ! s'exclame-t-elle.

Avec Emma, il n'y a jamais trop de « trop ». Elle adore ce mot.

– On le partage avec Mamilu qui habite juste en face. C'est surtout elle qui s'en occupe.

Mamilu, raccourci de mamie Lucie, est la mère de mon père. Avant je lui rendais visite une fois par semaine. Maintenant, j'ai juste la pelouse à traverser pour sonner chez elle quand je veux.

– C'est un bon déménagement, alors. Il n'y a que des avantages !

Emma est une spécialiste. Son père et sa mère sont séparés et elle est en résidence alternée. Elle change de maison chaque semaine. Elle a presque tout en double pour se simplifier la vie. Moi, ça me la compliquerait beaucoup. Je détesterais que ça m'arrive.

– Je te montre ma chambre ?

Nous grimpons au premier. On passe devant la tanière de Félix, on longe le futur dressing qui est pour le moment rempli de cartons et...

– Bienvenue dans mon palace, j'annonce en poussant la porte.

Emma embrasse du regard les murs couleur vanille, le parquet ancien qui grince un peu, le placard niché dans le mur, mon nouveau bureau, mon pouf Simpson®, la cage de Biscotte, ma cochonnette d'Inde.

– Tu as trop de chance ! s'exclame-t-elle. Moi j'ai deux chambres, mais elles sont plus petites que la tienne.

Nous nous penchons à la fenêtre. Par cette chaleur, la rue des Bruyères semble endormie. Quelques clients sortent au compte-gouttes de l'épicerie. Un vrombissement secoue la torpeur. Une moto se gare devant le magasin. Le passager en descend, ôte son casque et, après avoir secoué sa tignasse frisée, le tend au conducteur. Ce dernier lui adresse un petit signe avant de redémarrer.

– Voilà Dragon Man, je murmure.

– Tu le connais ? demande Emma, intriguée.

– Non, mais je l'ai croisé plusieurs fois à la boulangerie. Il porte toujours des tee-shirts ornés de dragons, d'où le surnom que je lui ai donné.

– Original, son look...

Je sors Biscotte de sa cage pour la laisser gambader et nous allons nous asseoir sur mon lit.

– Regarde ce que papa m'a acheté pour mon entrée en sixième !

Emma brandit un téléphone portable flambant neuf. Moi aussi j'en ai un, mais c'est un ancien téléphone de maman.

– Les trémas étaient jalouses comme des poux, poursuit-elle. Il a fallu leur expliquer qu'elles devraient attendre d'être plus grandes pour en obtenir un.

Les trémas, c'est le surnom qu'on a donné aux deux petites sœurs d'Emma. Elles ont sept ans et sont jumelles, comme les deux points sur le ï qui figurent dans leur prénom, Anaïs et Aloïse.

– Du coup, elles veulent sauter des classes pour arriver le plus vite possible en sixième. Elles sont surexcitées à l'idée de la rentrée.

Emma jette comme une poignée de points de suspension avant de reprendre :

– Tu as peur pour le collège ?

À n'importe qui d'autre, je répondrais : « Pas du tout, j'ai même hâte, ça va être super ! ». Mais à une amie, on dit la vérité vraie.

– Quand j'y pense, j'ai l'impression qu'un mille-pattes piétine mon estomac et ça me donne mal au cœur.

– Moi, ça me picote dans le creux des mains comme si j'avais des fourmis dans les paumes, renchérit Emma.

Nous nous serrons très fort dans un gros câlin réconfortant et nous nous amusons à pousser des lamentations comiques. Ce n'est pas parce qu'on a la trouille qu'on n'a pas le droit d'en rire !

Une rentrée en sixième, c'est déjà un grand moment. Mais notre rentrée à nous, c'est du jamais vu. De l'exceptionnel. D'abord, notre collège est tout neuf. C'est sa première rentrée scolaire. Ensuite, il n'a pas de nom. Sur les papiers, c'est écrit *Collège voie D10,* comme un code.

– On va redevenir les plus petites, grimace Emma. Trop bizarre. Comme des CP.

Comme des CP ? J'ai un coup au cœur. Je garde un souvenir horrible de cette année-là. J'avais peur tout le temps, j'étais perdue. J'ai même loupé la rentrée car j'ai été malade toute la nuit à cause de l'angoisse.

J'ai souvent des indigestions de stress. Quant à être les plus petites... Emma vient d'appuyer sur le bouton « Complexée par ma taille de minus ». Je n'ai pas l'impression d'avoir pris beaucoup de centimètres depuis mes six ans.

– J'espère qu'on sera dans la même classe, je murmure. On se serrera les coudes.

– Déjà, on fera la route ensemble. À propos, ma mère tient absolument à m'accompagner demain avant de conduire mes sœurs à l'école. C'est la honte !

– Pas du tout. La mienne aussi va venir, comme à chaque rentrée. Moi, j'aime bien !

Une voix retentit au rez-de-chaussée.

– Coucou, il y a quelqu'un ?

En parlant de ma mère, la voilà qui vient de rentrer.

– On est dans ma chambre, je lance.

– Descendez, il y a des gâteaux ! Des gâteaux de chez madame Bardin !

Maman n'est pas très douée en pâtisserie. Alors, plutôt que d'infliger des desserts ratés à la famille, elle préfère se fournir chez les professionnels ou chez ma grand-mère. Car Mamilu est la reine du sucré.

Nous nous hâtons de la rejoindre. Tout en rangeant quelques courses, ma mère discute avec Emma des avantages de notre nouvelle maison.

– Le cabinet médical de Bruno est à deux rues, conclut-elle. C'est très pratique.

Bruno, mon père, est orthophoniste. Il soigne les gens qui ont des problèmes pour lire, pour écrire, pour parler. Enfants comme adultes. Un miaulement nous interrompt. C'est notre chat, Tiramisu, qui revient du jardin, attiré par les tartelettes.

– Trop mignon, s'extasie Emma en le caressant.

– On parlait de demain, j'explique. La mère d'Emma l'accompagne, elle aussi.

Maman esquisse une moue de déception.

– Oh, je suis désolée ma puce, je ne serai pas disponible. Un rendez-vous professionnel vient de me tomber dessus.

Je fronce les sourcils, désappointée.

– Professionnel ? Mais tu travailles à la maison, d'habitude !

Ma mère est traductrice scientifique et sa spécialité, c'est la protection de l'environnement. Elle traduit de l'anglais au français des articles sur le réchauffement climatique et ses conséquences dramatiques. Quand elle nous en parle, j'ai envie d'agir pour améliorer la situation le plus vite possible. Félix, lui, rétorque que dans ces conditions, ça ne sert à rien de perdre son temps à étudier, qu'il faut profiter de la vie avant de mourir asphyxié ou noyé ou affamé, ce qui a le don de faire grimper le thermomètre colérique de mon père.

– Certaines choses sont en train de changer à mon travail. Mais papa ira avec toi.

Papa, je l'adore, seulement j'ai fait toutes mes rentrées avec maman. C'est trop bizarre qu'on rate celle-ci ! C'est comme une chaîne qui se casse. Et puis papa est tellement stressé qu'il va me contaminer, c'est sûr. Quand on arrivera au collège, je serai imbibée d'angoisse.

– On n'a qu'à se retrouver devant la boulangerie et y aller ensemble, propose Emma. Ce sera amusant.

Et surtout, ça nous permettra de nous détendre en bavardant toutes les deux pendant que les adultes se crisperont à discuter de notre sixième.

Vivre une veillée d'armes

– Voilà, c'est le grand soir ! La veillée d'armes juste avant la bataille de l'entrée en sixième et de l'entrée en seconde. L'essentiel est de garder son sang-froid.

Ce n'est pas Napoléon qui parle. C'est papa, en plein dîner. J'essaie de l'imaginer avec un bicorne, une main dans son gilet blanc. Mais l'uniforme serait trop petit pour lui. C'est plus facile de se le représenter avec son maillot de rugby, quand il part s'entraîner avec ses copains le dimanche.

– Tu exagères, Bruno, objecte maman en souriant. La rentrée, ce n'est pas la guerre.

– Ça dépend, murmure Félix. Avec certains profs, si !

Je me figure aussitôt ma grande asperge de frère vêtu d'un treillis. Il rampe dans la boue des cours pour échapper au bombardement des contrôles. Il court à toute vitesse pour esquiver le tir des interros. Entre les études et lui, ce n'est pas le grand amour.

– De toute façon, la guerre c'est débile, conclut-il. Moi, je suis un pacifiste.

– Pacifiste ? Qu'est-ce que c'est ?

– Quelqu'un qui milite pour la paix. Ou contre la guerre, si tu préfères, madame-je-ne-sais-pas-tout.

Piquée au vif, je rétorque :

– Mais pour s'opposer à la guerre, il ne faut pas se battre ? Faire la guerre à la guerre, ça reste la guerre !

– Tu oublies un point essentiel : la non-violence, triomphe Félix. Le pur enseignement de Gandhi ! Juste s'asseoir pour résister et protester. C'est très efficace.

Gandhi, c'est le monsieur indien à lunettes dont le poster est scotché au-dessus du bureau de Félix. Depuis quelque temps, mon frère ne jure que par lui.

– S'asseoir ? C'est tout ? je demande, perplexe.

– Ben oui. Et ne pas bouger, même quand les forces de l'ordre viennent te déloger. Du coup les policiers sont obligés de te tirer par les bras ou par les jambes pour te déplacer.

Je comprends : la flemme de mon frère est en réalité une révolte non violente contre le travail scolaire. Voilà pourquoi au collège il ne faisait rien d'autre que s'asseoir en cours !

– Bravo pour ta culture, Félix, intervient papa. Cela annonce une année prometteuse. Le signe de tes bonnes résolutions, sans doute…

– Arrête, papa, tu me stresses !

– La classe de seconde représente un grand tournant, explique maman. Il ne faudra pas hésiter à nous demander de l'aide, Félix. Pareil pour toi, Salomé. Beaucoup de choses vont changer par rapport au CM2.

– Je suis content de t'accompagner demain, ma puce, dit papa. Tu as prévenu ta copine que nous irions au collège de notre côté ?

Je hoche la tête, maussade. Ça oui, j'ai prévenu Emma. Je lui ai raconté que mon père « voulait partager cette rentrée avec moi », que « ce serait notre moment à tous les deux ». Quand il se lance dans ce genre de phrases, j'ai l'impression d'entendre des violons. Emma trouve que c'est « trop mimi ». Moi, ça me met mal à l'aise.

– Nous partirons de la maison à 8 h 30. Ta rentrée est à 9 heures, ça nous laisse le temps de faire le trajet tranquillement. J'aurai peut-être l'occasion ensuite de glisser un mot à tes professeurs.

Les violons viennent de produire un couac. Je proteste.

– Mais papa, on ne discute pas avec les profs le jour de la rentrée ! Et puis, de quoi tu veux leur parler ?

Félix serre une main imaginaire au-dessus du plat de frites et prend une grosse voix :

– Bonjour, madame, je suis Bruno Lortal, le père de Salomé. Vous n'avez pas son dossier scolaire en tête, mais ma fille est très intelligente. Si elle vous semble inattentive en classe, c'est qu'elle s'ennuie et que vous n'allez pas assez vite à son goût. Si, si, je vous assure, elle a passé des tests. D'ailleurs, elle a un an d'avance. C'est une surdouée.

Je lui décoche un violent coup de pied sous la table. Les répliques fusent en même temps.

– Félix, ça suffit, ce n'est absolument pas mon genre de parler ainsi !

– Mon grand, toi aussi tu es très intelligent !

– Sauf que toi, tu es très intelligent avec un an de retard.

Je reconnais que ma remarque est méchante, mais quand mon frère ironise sur mes excellents résultats scolaires, je me transforme en marmite d'eau bouillante. Ce n'est pas ma faute si je comprends tout rapidement. Ce n'est pas ma faute si je savais lire avant d'entrer au CP.

Surtout que jamais je ne m'en vante.

Félix se rend.

– Pardon, pardon ! J'espère que tout se passera bien pour toi, Salomé. Au collège, les bons élèves ont parfois la vie dure.

– N'importe quoi, je siffle.

– Stop ! s'exclame maman. Que ceux qui veulent de la glace lèvent le doigt. Et toi, Bruno, jure de ne pas adresser la parole aux professeurs de Salomé demain.

Papa, solennel, tend la main droite au-dessus de la glace chocolat beurre salé et déclare :

– Je le jure, votre Honneur !

Fin du conflit. Ce n'est pas traductrice, mais diplomate qu'elle devrait faire comme métier, maman.

Je viens de me coucher. Mes parents m'ont souhaité bonne nuit sans évoquer la rentrée. Ouf ! Soudain, on toque à ma porte. C'était trop beau ! Je suis sûre que mon père n'a pas pu résister à l'envie d'une dernière recommandation.

– Oui ?

La tête de mon frère apparaît dans l'embrasure.

– Tu dors ?

– C'est de l'humour ou juste une question débile ?

Félix glousse, entre et se laisse tomber sur mon lit.

– Désolé pour tout à l'heure. Je n'ai pas été très cool.

– Les parents t'obligent à t'excuser ?

– Non. J'ai réalisé que j'étais idiot de t'effrayer la veille de la rentrée. Tu vois, je ne suis pas aussi débile que tu le crois.

Je me redresse dans mon lit, un oreiller entre les bras, et j'éclate de rire.

– M'effrayer ? Au sujet des bons élèves qui ont la vie dure au collège ? Je n'ai pas eu peur ! Tu as dit ça pour m'impressionner !

Il se mord les lèvres.

– Au collège, les choses sont différentes. Si jamais on t'embête, dis-le-moi, Salomé. Je m'en occuperai sérieusement.

Je n'en reviens pas ! Il ne m'a jamais parlé ainsi. Je dissimule mon trouble par une moquerie.

– Je croyais que tu étais pacifiste...

– À 95 %, oui.

J'imagine Félix en super héros, avec un tee-shirt Super Félix. C'est trop mimi !

– Moi aussi, je m'excuse pour t'avoir balancé à la figure ton année de retard.

– Même pas mal.

– Tu m'expliqueras un jour pourquoi tu n'as rien fichu au collège au point de redoubler, alors que tu es intelligent ?

– On verra.

Et selon son habitude, quand une de mes questions l'embarrasse, mon frère s'en tire par des chatouilles.

– Arrête ! je crie en me tortillant.

– Dors bien, ma vieille. Et bon courage pour supporter le stress de papa demain.

Avant qu'il ne franchisse le seuil de la porte, je le retiens.

– Félix ? Je viens d'inventer une devinette. Qu'est-ce qui est pire que la rentrée ?

Un large sourire éclaire son visage.

– Réponse hyper facile : la veille de la rentrée. J'en ai plus que toi au compteur, je sais de quoi je parle ! ajoute-t-il avec un clin d'œil.

J'aime bien quand Félix se transforme en vieux sage, un peu comme s'il était Gandhi.

Je me roule en boule sous la couette et je songe à ce qu'il m'a dit. Le mille-pattes s'agite dans mon ventre. Je me demande si les fourmis d'Emma ont aussi la bougeotte.

FUIR DANS LES RÊVES

22 h 10

« Vous êtes sur Canal Rêve, la chaîne aux bonnes ondes. Le collège de la voie D10, récemment construit, s'est effondré comme un château de cartes pendant la nuit. Heureusement, personne n'a été blessé. Les matériaux utilisés n'étaient pas de bonne qualité et de grosses fissures ont fragilisé le bâtiment. La rentrée est reportée. Pour le moment, les collégiens doivent rester chez eux. »

23 heures

« Canal Rêve, en direct du nouveau collège de la voie D10. Nous venons d'apprendre que la Principale a été enlevée. Des individus cagoulés se sont introduits chez elle ce soir, l'ont tirée de son lit et l'ont transportée dans une grosse voiture noire. L'enlèvement a été revendiqué

par le Front de Libération des Jeunes. Pour le moment, le ministère a annulé la rentrée dans cet établissement. »

23 h 45

« *Canal Rêve, flash spécial : des professeurs bloquent l'accès au collège de la voie D10. Ils sont assis devant les grilles pour protester contre leurs conditions de travail. Le nouveau matériel n'a pas été livré et sans tables ni chaises, impossible de faire cours. Leur mouvement rappelle les sit-in pacifiques organisés par Gandhi en Inde. Nous n'en savons pas plus pour le moment, si ce n'est que les collégiens ne pourront pas effectuer leur rentrée.* »

1 h 10

Je viens d'aller vomir aux toilettes. Indigestion de stress. Dans la cuvette, j'espérais voir le mille-pattes, mais non, rien…

Je me demande si Napoléon avait des nausées avant de livrer bataille. S'il mettait toujours la main dans son gilet, c'était peut-être pour calmer un mille-pattes qui lui piétinait l'estomac.

FAIRE SA RENTRÉE

– Tu me promets que tu ne parleras pas aux profs ?

– Juré !

– Tu me promets que tu ne diras rien sur moi ?

– Mais puisque je te le jure, ma puce !

Papa et moi sommes partis en avance sur l'heure prévue, direction le collège. Il a profité de l'occasion pour m'aider encore une fois à repérer les lieux. L'itinéraire est simple. Au bout de la rue des Bruyères, on tourne à gauche, puis à droite. On arrive sur la place André-Chénier où se trouve ma boulangerie préférée, celle de Mme Bardin. Ensuite, on traverse le parc Diderot et…

– Voilà, on y est !

Malgré l'air enjoué de mon père, je sens une légère crispation dans sa voix.

Oui, on y est. « On », c'est papa, moi plus un bataillon de sixièmes accompagnés pour la plupart de leurs parents. C'est un très gros « on » !

J'avale ma salive. Le collège ne s'est pas écroulé pendant la nuit comme je l'ai rêvé. Sa silhouette élancée se dresse solidement devant nous et ses façades couvertes de bois ne laissent apparaître aucune fissure. Aucun prof en vue non plus pour bloquer l'entrée. Mon cœur se met à battre plus vite, mes jambes flageolent, ma salive s'évapore, mon ventre gargouille...

– Salomé ! Salomé !

Coincée entre sa mère et ses petites sœurs, Emma m'adresse de grands signes. Je fonce vers elle, papa sur les talons. Quel soulagement de la voir ! Les adultes commencent à discuter, réconfortés eux aussi de se retrouver. Mme Rodriguez explique que la rentrée des jumelles est à 10 heures et qu'elle ne voulait pas rater celle d'Emma.

– Oui, c'est un grand moment, acquiesce papa pour la centième fois depuis une semaine.

Les trémas trépignent d'excitation.

– Il est trop beau, votre collège ! On peut faire notre rentrée ici plutôt qu'au CE1 ? Et on peut avoir un téléphone portable ?

J'attire Emma à l'écart.

– Tu as vu ? Il y a trop de gens qu'on ne connaît pas, je murmure, angoissée.

– Comme au CP, soupire-t-elle.

– Oh, regarde !

J'attrape son bras et je lui désigne du menton deux silhouettes qui s'approchent.

– Dragon Man est dans le même collège que nous, je murmure.

– Tu crois que c'est son père ? chuchote Emma en observant l'homme à la moto. Il a l'air trop cool.

Elle a raison. Avec ses cheveux très courts, sa barbe bien taillée, son tee-shirt noir qui révèle des avant-bras tatoués, l'homme n'a pas une tête de père. En tout cas, il n'a pas la même tête de père que mon père. Surtout, il semble plus détendu.

– Vous allez vous faire des tas de nouveaux amis, assure Mme Rodriguez avec enthousiasme. C'est formidable !

Hum... Je ne vois pas en quoi rassembler des enfants dans le même endroit suffirait à ce qu'ils s'apprécient naturellement. J'échange un regard peu convaincu avec Emma qui lève les yeux au ciel, l'air de dire « Laisse tomber, ce sont les idées de ma mère ».

Devant nous, un groupe de filles hurlent leur joie de se retrouver. Elles se tapent dans les mains, se serrent dans les bras, admirent leurs nouveaux vêtements. En comparaison, je me trouve affreusement petite et nouille.

– Comment elles peuvent être aussi à l'aise ? je chuchote.

– Elles sont en groupe, explique Emma. À plusieurs, c'est plus facile. Mais je suis sûre qu'elles ont le trac elles aussi.

Nous pouffons d'un rire nerveux. Enfin, les grilles s'ouvrent. Nous traversons la cour et nous pénétrons dans le hall lumineux du collège. Là, on nous invite à entrer dans une grande salle qui s'appelle « amphithéâtre ». Impressionnant ! On dirait une salle de cinéma ou de théâtre, avec ses sièges en gradins et sa grande estrade occupée par quelques adultes. Nous nous installons. Je me glisse près d'Emma. Les trémas sont prises en sandwich entre leur mère et papa. Une dame saisit un micro, tapote dessus pour vérifier qu'il fonctionne et déclare :

– Bonjour et bienvenue à tous ! Je suis madame Nourine, la Principale du collège. (Zut, elle n'a pas été enlevée pendant la nuit comme je l'avais rêvé.) Voici mon adjointe, madame Becker (rezut, même si la Principale avait été enlevée, son adjointe aurait pu organiser la rentrée) et monsieur Lecerf, notre conseiller principal d'éducation (vu sa carrure, personne n'aurait pu enlever Mme Nourine, de toute façon). Je vous présente également les professeurs principaux de vos enfants : madame Fourmain, madame Tricario, monsieur Loury, monsieur Favrey.

Les enseignants s'inclinent légèrement, comme s'ils nous saluaient. Ils n'ont pas l'air d'avoir le trac, eux, ils sourient. Si Félix était là, il dirait qu'ils cachent bien leur jeu. Je me demande s'ils savent qu'en ce moment, nous les scannons pour déterminer sur lequel d'entre eux nous aimerions tomber... ou pas.

– Avant de former les classes, voici quelques informations, poursuit Mme Nourine. Vos enfants seront libres à la fin de la matinée. Demain, nous accueillerons les autres divisions. Les cours commenceront après-demain, à 8 h 30. En ce qui concerne la demi-pension...

Je n'écoute plus. Par contre, papa, très concentré, prend des notes sur son portable. Je parcours des yeux l'assistance. Les parents sont attentifs, quelques élèves étouffent des bâillements. Mon regard accroche une fille brune aux cheveux longs qui s'agite au centre d'un petit groupe. Sur le devant de son tee-shirt, on peut lire *La star* et lorsqu'elle se retourne, son dos mentionne *C'est moi*. Dans un sens comme dans l'autre, ça donne une phrase méga prétentieuse !

– Si vous avez des questions, n'hésitez pas, propose Mme Nourine.

Des mains se lèvent. Les questions de parents, c'est d'un ennui ! Les papiers à remplir, les horaires, les fournitures scolaires, les dispenses de sport... Papa respecte sa promesse, il n'ouvre pas la bouche une seule fois.

– Avant de nous quitter, j'ai une grande nouvelle à vous annoncer, reprend la Principale. Notre établissement est magnifique, mais il n'a pas encore d'appellation. Le département a décidé d'associer les élèves au choix du nom du collège. Dans les semaines qui vont suivre, les collégiens pourront soumettre leurs idées et un jury sélectionnera les meilleures propositions. La communauté scolaire votera pour les départager. Vous trouverez les précisions nécessaires dans le carnet de liaison et chaque professeur principal expliquera à sa classe le déroulement des opérations.

Les commentaires se mêlent aux applaudissements. C'est génial de pouvoir choisir le nom de son collège ! Le silence revient très vite lorsque M. Lecerf s'avance, une liasse de feuilles à la main. Il n'a pas besoin de micro pour être entendu, lui.

– Nous allons maintenant procéder à la constitution des quatre classes de sixième. À l'appel de leur nom, les élèves se regrouperont au pied de l'estrade.

Dans mon ventre, mon mille-pattes fait des cabrioles. Je voudrais bien avaler ma salive, mais ma bouche est toute sèche. Je saisis la main d'Emma.

– Sixième 1, professeur principal, monsieur Loury. ABDALLAH Yacine, AZOULAY Louis, BANITRAY Lou, BOUOP Aïssatou...

Un peu avant les L, je retiens ma respiration. Je ne suis pas en sixième 1. Emma non plus.

– Sixième 2, professeure principale, madame Tricario.

À force de retenir mon souffle, je manque de m'asphyxier. Emma et moi, nous ne sommes pas non plus en sixième 2.

– Sixième 3, professeure principale, madame Fourmain.

Quand le CPE appelle GERVAIS Théodore, je vois Dragon Man se lever. Et à LEGRAIN Capucine, la fille brune qui ricanait avec ses copines descend les gradins avec une assurance… de star.

– LORTAL Salomé.

Je sursaute. Papa lance un « Courage, ma puce ! » très embarrassant. Une fois en bas, je contemple les rangs clairsemés, le cœur serré. Et soudain, j'entends RODRIGUEZ Emma ! Si nous étions dans la vie imaginaire, je hurlerais de joie et je danserais sur place. Mais nous sommes dans la vraie vie, le jour de la rentrée. Alors, je me contiens.

Quand la classe est au complet, notre professeure nous demande de la suivre. J'ai juste le temps d'apercevoir mon père qui lève un pouce en guise d'encouragement. À côté de lui, Mme Rodriguez, déjà debout, adresse un dernier coucou à Emma et entraîne les trémas vers leur rentrée.

En rang par deux, nous montons au premier étage. Mme Fourmain ouvre une porte et nous invite à entrer. Une grande salle qui sent le neuf nous attend.

– Pour aujourd'hui, installez-vous à la place de votre choix, déclare-t-elle en se dirigeant vers le bureau.

Je m'assois aussitôt à côté d'Emma, au deuxième rang.

– Bienvenue à tous. Je suis votre professeure de français. J'espère que nous passerons ensemble une excellente année. Je vous présente un accessoire que nous utiliserons souvent en classe.

Elle saisit un bâton posé contre le mur. La classe pousse un cri de surprise.

– Cet accessoire, c'est le brigadier, poursuit Mme Fourmain en souriant. Indispensable au théâtre. Je suis sûre que tout le monde ici l'a déjà entendu.

Elle nous regarde et frappe une série de coups rapides sur le sol, suivis de trois coups plus espacés.

– Que le rideau s'ouvre sur la première journée de votre année de sixième !

CHOISIR UN NOM

– Elle est bizarre, cette prof. J'ai cru qu'elle nous menaçait avec son bâton…

– Mais enfin, Emma, c'est interdit de frapper les élèves ! En tout cas, madame Fourmain a le sens de la mise en scène. Pas étonnant qu'elle anime un atelier d'art dramatique.

Qu'est-ce que c'est bien de rentrer du collège avec sa meilleure copine, sans les parents ! On peut échanger nos avis sur l'emploi du temps, sur les gens de la classe.

Un peu plus loin devant nous, un groupe de garçons se sépare. L'un d'eux se remet en marche dans la même direction que nous. Je reconnais le dragon qui décore son sac à dos.

– Dragon Man s'appelle Théodore Gervais, je chuchote. Et on est dans la même classe.

– On devrait peut-être aller lui parler, suggère Emma.

– Je ne sais pas. On ne va pas lui courir après, tout de même !

– J'avoue...

Résultat : nous ralentissons l'allure jusqu'à ce que nous arrivions devant chez Emma. Quand je reprends mon chemin, je file Théodore de loin. Ça alors ! Il emprunte la rue des Mimosas, la rue de ma grand-mère, et il s'engouffre dans un petit immeuble, à deux numéros de chez elle.

Je sonne chez Mamilu qui m'attend pour déjeuner, comme convenu.

– Tu as déjà remarqué un garçon qui porte des tee-shirts à dragons ? je demande en l'aidant à mettre le couvert.

– Théodore ? Oui, il habite à côté. Il est très gentil. Ses parents aussi. Son père m'a aidée un jour à transporter un gros sac de courses jusqu'à la cuisine. Pourquoi ?

– Pour rien. Il est dans ma classe.

– Ah ! J'espère que vous deviendrez amis.

Je lui raconte la matinée en détail.

– C'est dommage que maman ne soit pas venue, je conclus. Elle aurait adoré.

– Tu devrais t'habituer à ce que ta mère ne soit plus aussi disponible, Salomé.

Je la regarde, étonnée.

– Pourquoi ?

– Eh bien... Tu es grande maintenant, tu peux te débrouiller avec ton père, lance-t-elle en se levant pour aller chercher le dessert. Comme Théodore. Sa mère voyage souvent pour son travail.

Je suis très surprise que ma grand-mère en sache plus que moi sur Théodore Gervais !

– C'est quoi, son métier ?

– Régisseuse de théâtre. Elle veille à tout organiser pour que les représentations se déroulent sans anicroche. C'est beaucoup de responsabilités.

Je suis impressionnée. J'essaie d'imaginer la mère de Théodore. Est-ce qu'elle porte des vêtements ornés de dragons, elle aussi ?

Nous sommes interrompues par l'arrivée de Florine et Simon, mes cousins. Florine entre en première, elle ne reprend les cours que demain. Elle arbore une nouvelle coupe de cheveux : mèches courtes teintes en bleu. Très original (et trop voyant pour moi) !

Simon, son grand frère, qui vient de décrocher le permis, lui sert de chauffeur pour s'entraîner à conduire. Sa rentrée a lieu plus tard, il est étudiant en communication et apprend tout ce qui concerne les réseaux sociaux.

Simon, je l'adore. Si nous étions dans la vie imaginaire, je l'échangerais volontiers contre Félix. Florine, qui s'entend bien avec mon frère, n'y verrait pas d'inconvénient. Mais on est dans la vraie vie.

– Félix n'est pas là ? Ne me dis pas qu'il est déjà collé ? plaisante-t-elle.

– Non. Sa rentrée dure toute la journée, explique Mamilu.

– Ça ne rigole pas, les lycées privés, ironise Simon en picorant des framboises. Alors, Salomé, tu es contente de ta matinée ?

– Oui. Je suis dans la même classe que ma meilleure copine. Et on va choisir le nom du collège. Chacun fera des propositions et on votera pour désigner la meilleure.

– Tu as déjà des idées ? s'enquiert Florine.

– J'avais pensé à Jacques Prévert. J'adore ses poèmes. En plus, il prend la défense de ceux qui s'ennuient à l'école.

Ma cousine fronce le nez.

– Ce n'est pas très original, tu sais.

Mince alors, moi qui étais très fière !

Elle tapote sur son téléphone.

– Collège Jacques-Prévert… Il y en a plus de cinquante. Tout comme les collèges Georges-Brassens, Jacques-Brel…

Elle lit à voix haute des noms d'établissements scolaires. Le collège Monplaisir nous amuse beaucoup car ce n'est pas un plaisir pour tout le monde d'aller au collège. Le collège Mondétour aussi car on imagine tous les détours pour ne pas y arriver. Et puis, il y a des noms de personnalités que je ne connais pas mais qui sont archiconnues d'après Mamilu. Jean-Jacques Rousseau, André Malraux, Georges Charpak, Pierre-Gilles de Gennes ou Françoise Giroud.

– Comme d'hab, très peu de noms de femmes, soupire Florine, agacée.

C'est vrai, je n'avais pas remarqué.

– Logique ! Les garçons sont plus intelligents que les filles, réplique Simon en bombant le torse. Aïe, non ! je plaisante, rectifie-t-il aussitôt tandis que sa sœur lui jette un regard furieux.

– Pourtant, les femmes remarquables ne manquent pas, commente Mamilu. Mais on les ignore, on les laisse dans l'ombre, au point qu'on finit par croire qu'elles n'existent pas. Comme si une femme importante était moins importante qu'un homme important.

– C'est ce qui se produit dans le milieu du sport. On médiatise plus les garçons que les filles, renchérit ma cousine. Pourtant, on a de super sportives : Tessa Worley, Amandine Henry, Fantine Lesaffre. Cette fille est championne d'Europe du 400 mètres quatre nages. Elle a même battu son propre record ; si ce n'est pas remarquable, ça !

Question natation, Florine en connaît un max. Elle fait partie du club aquatique des Poissons volants et elle dispute souvent des compétitions.

Simon se jette à nos pieds en joignant les mains d'un air comique.

– Mille excuses, mesdames, je n'y suis pour rien. Moi, je suis convaincu de vos talents !

Mon cousin adore faire le clown. Et il est très doué.

En tout cas, je viens de prendre une grande décision. Si je propose un nom pour le collège, ce sera un nom de femme. Et je vais convaincre Emma de faire pareil !

Au dîner, les parents nous bombardent de questions. Pour les satisfaire, il faudrait leur montrer un reportage sur nos journées respectives. Pour moi, cela donnerait :

« Ici Salomé Lortal, en direct du collège de la voie D10, où les sixièmes effectuaient leur rentrée aujourd'hui. Assez intimidés au début, ils ont été enchantés par la visite des lieux. Ils ont découvert la cour de récréation, l'espace potager, le self, très lumineux, les salles de classe bien équipées. Parmi les professeurs, nous avons rencontré Mme Fourmain qui nous a expliqué, je cite, "qu'il fallait une ambition à la hauteur de ce nouveau bâtiment". Elle se propose de donner le goût de la lecture et de l'écriture à ses élèves et elle les initiera au théâtre. »

La version de Félix ressemblerait plutôt à quelque chose du genre :

« Félix Lortal, en direct du lycée Gustave-Eiffel, pour une rentrée comme toutes les autres. Rien à dire de plus. Salut ! »

Le tout avec une voix traînante et un air endormi. Félix ne serait jamais engagé comme journaliste. Il n'a pas le sens de l'anecdote. Les bons journalistes peuvent rester une journée entière à une station de péage, un jour de départ en vacances. Ils trouveront toujours quelque chose de nouveau à raconter. Mais Félix n'aime pas parler.

Quand papa le questionne sur ses profs, il lâche des « Ça passe », ce qui horripile maman qui maîtrise le français et l'anglais à la perfection.

– Félix, le temps passe, le bus passe, mais pas les lieux ni les professeurs ni un emploi du temps !

– D'accord, soupire-t-il. Alors on a eu droit à un long discours sur la nécessité de travailler régulièrement et sur le fait qu'on n'était plus au collège. À croire que papa avait refilé des tuyaux au proviseur pour l'écrire, son discours. Nos profs nous ont ensuite distribué des tonnes de paperasses à remplir. C'est tout.

Je décide de lui venir en aide en appliquant la méthode boomerang : détourner l'attention des parents en leur retournant des questions.

– Et toi, maman, comment s'est passé ton rendez-vous professionnel ?

Surprise, elle hausse les épaules.

– Bien.

C'est une réponse très courte. On dirait qu'elle fait comme Félix...

– On t'a donné une nouvelle traduction sur les horreurs qui vont nous arriver ? demande ce dernier.

Il a compris l'intérêt de ma stratégie. Maman s'agite sur sa chaise.

– Non. On me propose de suivre une formation pour progresser.

– Pour progresser ? s'exclame mon frère. Mais tu es déjà super douée !

– Absolument d'accord, approuve papa d'un air convaincu.

– Disons que j'ai peut-être la perspective de changer de voie. Pour l'instant, c'est encore flou. Est-ce que les parents d'élèves pourront voter pour le nom de ton collège, ma puce ?

Et toc ! Maman a très vite saisi la technique du boomerang.

– Non. À ce propos, si vous deviez citer un nom de femme remarquable, vous proposeriez qui ?

– Spirit Joyce ! répond aussitôt mon frère.

Je hausse les épaules, agacée. Spirit Joyce, c'est la dernière chanteuse à la mode qui fait des « stories sur Insta » et qui se tortille dans ses clips pour montrer qu'elle a des fesses... remarquables.

– Florence Lortal, sans hésiter, lance papa.

– Bruno, ne te moque pas de moi !

Je trouve au contraire que c'est un compliment plutôt mimi.

Le soir, bien installée dans mon lit, Biscotte sur mes genoux, je prends mon cahier de brouillon et je commence à écrire.

Liste des femmes célèbres que je connais:

Lucie (mais c'est une femme préhistorique, je ne crois pas que ça marcherait).
Marie-Antoinette (mais c'est une reine qu'on a guillotinée, alors c'est nul).
Princesse Leïa (mais elle n'existe pas en vrai).
Marie Curie (mais je crois que c'est déjà archi-pris comme nom).
Emma Watson (peut-être un peu trop moderne).

Les idées peinent à venir. Mamilu a raison. On a tellement l'habitude d'entendre des noms d'hommes célèbres qu'on a l'impression qu'il n'y a pas de femmes importantes.

Un peu honteuse, j'écris en gros:
Collège Salomé-Lortal.

C'est trop beau et ça sonne bien!

Mais pour que ça marche, il faudrait que je devienne remarquable très rapidement!

PLONGER DANS LE GRAND BAIN

– Mamilu a raison, Emma. Dans notre quartier, les noms d'hommes sont bien plus nombreux que les noms de femmes. Le parc Diderot, la rue Georges-Brassens, la rue du Colonel-Oudot. On devrait corriger cela. Par exemple, cette place André-Chénier, si on l'appelait plutôt place Eugénie-Bardin en hommage à la boulangère d'en face et à ses délicieux gâteaux ?

– Si tu veux, mais là, il faudrait se dépêcher. On va être en retard, répond Emma en consultant nerveusement sa montre. C'est la vraie rentrée aujourd'hui. Et on commence par les maths, ajoute-t-elle, le visage crispé.

– Avec EPS cet après-midi, je renchéris en remontant mon pantalon de jogging dont l'élastique se détend. Je sens que je vais détester cette journée.

– Moi aussi.

Un flot d'élèves se presse entre les grilles du collège. Les surveillants vérifient les carnets, on se pousse, on se bouscule. Dans mon dos, quelqu'un lance :

– Ils sont drôlement petits, les sixièmes, cette année !

Je me retourne, indignée. Un groupe de filles hyper maquillées ricane. Elles doivent être en troisième. L'une d'elles me toise.

– Tu as perdu ton jardin, le nain ? Allez, bouge-toi, tu bouches le passage.

Si nous étions dans la vie imaginaire, je me collerais sous son nez et je lui dirais : « Retourne dans ton pot de peinture et ferme le couvercle » !

Mais on est dans la vraie vie et je reste bouche bée. Furieuse, mais bouche bée. Emma m'entraîne.

– Vite ! On doit se ranger !

La matinée s'écoule à toute vitesse.

Le prof de maths n'est pas la bête noire qu'Emma redoutait tant. M. Favrey est plutôt cool. Il est jeune, s'habille à la mode et il a des tatouages. Avec lui, l'heure passe rapidement. Pareil avec M. Jaurin, le prof d'histoire-géo. Il tente quelques blagues (pas très drôles), pose beaucoup de questions et comme personne ne répond, je lève la main plusieurs fois. Par contre, avec la prof d'anglais, c'est assez étrange.

Mme Rimbaud nous crie immédiatement dessus pour que nous nous installions en silence. Ensuite, elle nous assomme avec une liste de fournitures de toutes les couleurs à se procurer rapidement. Elle réclame des feuilles *yellow* (jaunes) pour les exercices en classe, des feuilles *pink* (roses) pour le vocabulaire, un cahier à couverture *green* (vert) pour les leçons. Comme maman nous entraîne à parler anglais à la maison, je donne souvent la traduction des mots pendant le cours.

– Comment on dit « fayote » en anglais ? lâche un garçon dans mon dos.

C'est Raphaël Boissière. Il était dans mon école l'an dernier et il était déjà désagréable. Je préfère ignorer sa remarque.

Au moment du déjeuner, mauvaise surprise : les troisièmes ont accaparé les tables près des baies vitrées et ont réservé des sièges pour leurs amis. Lorsque nous nous approchons avec nos plateaux, Emma et moi, ils secouent la tête.

– C'est pris ! Allez ailleurs !

Aux toilettes, même scénario. Les grandes monopolisent les lavabos, jacassent devant les miroirs, prennent des selfies avec leur portable et nous regardent de haut. Emma avait raison. C'est comme si nous étions redevenues des CP ! Nous réussissons de justesse à nous imposer pour obtenir une cabine. La sonnerie du début d'après-midi retentit déjà.

Le prof d'EPS rejoint la classe dans la cour. Il frappe dans ses mains et annonce d'une voix enjouée :

– Bonjour les sixièmes 3 ! Je suis monsieur Damart. Nous allons au stade. Tout le monde en rang par deux. Je ne veux personne à la traîne !

On dirait un militaire.

Nous nous mettons en route. J'espère que le stade est loin pour retarder au maximum le début de la séance. Devant nous, Capucine Legrain, les cheveux retenus par un élastique, discute avec d'autres filles en faisant de grands gestes. Elle semble très à l'aise.

Une fois sur place, nous nous asseyons en cercle. M. Damart nous vante les mérites du sport.

– Nous avons de brillants athlètes, hommes et femmes, qui méritent d'être célébrés. Pensez-y pour le nom du collège, conclut-il. Maintenant, je vais vous expliquer le déroulement de l'année. Nous pratiquerons la course d'endurance, le foot…

Capucine lève la main.

– Il y aura de la danse ?

Les garçons poussent des protestations indignées.

– Ben quoi, je ne vois pas ce qu'il y a de choquant ! s'énerve-t-elle.

– La danse, c'est un truc de filles, s'esclaffe Raphaël en se levant et en tournant sur lui-même, les bras arrondis au-dessus de la tête.

– Ben voyons ! riposte Capucine, les mains sur les hanches. Et le foot, c'est un sport de garçons ?

– Parfaitement , affirme Raphaël.

M. Damart intervient.

– Pas du tout ! Il y a d'excellentes équipes féminines.

Halim, que je connais depuis le CP, rétorque, l'air dégoûté :

– Oh m'sieur, vous ne pouvez pas dire ça !

– Alors pourquoi la FIFA organise-t-elle la Coupe du Monde Féminine en France cette année ? demande le prof, narquois.

Halim se rembrunit et hausse les épaules, vaincu.

– De toute façon, la danse, ce n'est pas réservé qu'aux filles, ajoute Capucine. Dans mon club de hip-hop, il y a des garçons.

Et sous nos yeux médusés, elle enchaîne quelques figures. Sa démonstration déclenche des applaudissements. Raphaël est sans voix.

M. Damart la félicite.

– Bravo ! Tu me donnes l'occasion d'annoncer qu'un atelier danse urbaine aura lieu le mardi et le jeudi, à l'heure du déjeuner, dès la semaine prochaine. N'hésitez pas à vous y inscrire.

Capucine saute de joie et balaie l'assistance d'un sourire triomphal. Ses copines lui font un check. M. Damart ramène le calme.

– Quoi qu'il en soit, nous commencerons l'année par la natation. Le collège a obtenu un créneau pour le premier trimestre. Nous irons donc à la piscine Léo-Lagrange tous les jeudis matin à partir du mois d'octobre.

Je suis consternée. J'aime bien nager mais je déteste la piscine.

J'ai à peine le temps de digérer cette mauvaise nouvelle que le prof m'interpelle.

– Hé, toi ? Redis-moi ton prénom.

– Salomé, je bafouille.

– Salomé, viens m'aider à distribuer les ballons. Vous allez vous mettre par groupes de cinq et vous faire le plus de passes possible. Je veux voir comment vous évoluez.

Il se dirige vers un coffre, attrape une balle et me la lance. Je la rate. La seconde glisse de mes mains. Des éclats de rire fusent dans mon dos.

– Ce n'est pas ton jour, on dirait. Allez, on se réveille !

Je me sens rougir. C'est la honte de ma vie. Je déteste ce prof !

Quel cauchemar ! J'ai l'impression que tout le monde bouge avec grâce et souplesse, sauf moi. Impossible de ne pas remarquer Raphaël et Halim qui échangent des passes du tonnerre. Impossible de ne pas admirer Aïssata qui court comme un bolide en levant le bras pour réclamer le ballon. Impossible de ne pas... AÏE !

– Salomé, si tu rêvasses en regardant autour de toi, tu ne risques pas de voir la balle ! Ça va ?

Le prof scrute mon visage. J'entends des gloussements. Pas question d'avouer que j'ai mal. Je hoche la tête d'un air dégagé.

Heureusement, la séance de torture s'achève.

Sur le chemin du retour, j'essaie de garder une contenance mais je suis très mal à l'aise. Je suis certaine que tous ont remarqué ma maladresse. Emma tente de me réconforter.

– Ne t'inquiète pas. Ça ira mieux la prochaine fois !

Elle ne peut pas se mettre à ma place. Le prof-de-la-matière-qui-lui-fait-trop-peur, M. Favrey, est une crème, comparé à M. Damart. Je ne veux pas entendre parler de prochaine fois.

Après les cours, je rentre seule. La mère d'Emma est venue la chercher en voiture pour la conduire chez l'orthodontiste. En arrivant devant la boulangerie de Mme Bardin, je tombe nez à nez avec Théodore qui sort de la boutique, un pain au chocolat à la main.

– Salut ! je lance.

Ce qui est idiot, puisqu'on s'est vus toute la journée.

Il hoche la tête sans proférer un mot. Je suppose que c'est parce qu'il a la bouche pleine. Si on fait la route ensemble, on ne va pas rester muets, tout de même ? Ce serait très gênant. Je me creuse la cervelle pour trouver un sujet de conversation.

– Ma grand-mère m'a dit que vous étiez voisins. Elle s'appelle madame Lortal. Elle habite rue des Mimosas, je précise.

Ce qui est encore idiot. Théodore connaît forcément le nom de la rue, vu qu'il y habite. Il fronce les sourcils.

– Vous avez parlé de moi ?

– Oui. À cause des dragons sur tes tee-shirts... Tu les dessines drôlement bien ! Je t'ai vu faire en classe.

– Merci.

– C'est ta passion ?

Il me dévisage.

– Le dessin ou les dragons ?

– Ben... Les deux !

Il hoche la tête.

– Les dragons m'intéressent davantage que les champignons ou le foot. Et j'adore dessiner. Ça m'aide à passer le temps en cours.

– Tu t'ennuies ?

– Oh oui, soupire-t-il.

– Parfois, moi aussi...

– Ah bon ? Pourtant, tu n'arrêtes pas de répondre aux questions des profs !

Je le regarde, étonnée. Il a prêté attention à ce détail ?

– C'est... pour ne pas m'endormir.

Théodore réfléchit et finit par déclarer :

– Chacun son truc ! Je ne pourrais pas utiliser ta technique. Je ne suis pas un bon élève, moi.

Je ne sais pas quoi répondre. « Je ne suis pas un bon élève, moi », ça signifie « Je ne suis pas un bon élève comme toi ». Gênée, j'éprouve soudain le besoin de me trouver des points faibles.

– En sport je suis nulle, tu sais.

– En sport je suis nul aussi, lâche-t-il en insistant sur le « aussi ». Bon, je suis arrivé. Salut !

Il pousse la porte de son immeuble et s'engouffre à l'intérieur. Le dragon de son sac à dos me tire une langue de feu.

J'ai peur d'avoir vexé Théodore.

Question relations sociales, je suis aussi maladroite qu'en sport.

PRENDRE CONFIANCE

Arrivée chez moi, je me débarrasse en hâte de mes affaires, je caresse Tiramisu en vitesse et je m'empresse de rejoindre ma mère qui travaille dans son bureau. J'aimerais bien avoir moi aussi une pièce pour moi toute seule, en plus de ma chambre. C'est trop classe !

À travers la porte fermée, j'entends le son de sa voix. Elle est avec quelqu'un ? Je frappe plusieurs fois. Pas de réponse. Je me décide à entrer. Des écouteurs dans les oreilles, ma mère, très concentrée, parle devant son ordinateur, marque une pause, parle encore. C'est très bizarre.

Lorsqu'elle m'aperçoit, elle sursaute et se débarrasse de ses oreillettes.

– Oh, c'est toi, ma puce !

– J'ai toqué, mais tu n'entendais pas. Qu'est-ce que tu fais ?

– Des exercices de traduction en simultané. Je vais te montrer.

Elle débranche les écouteurs de l'ordinateur. La voix d'un homme qui parle en anglais envahit la pièce. Maman le traduit aussitôt en français.

– C'est super difficile ! je m'exclame. Tu es trop forte !

– C'est parce que je m'entraîne beaucoup.

– Mais à quoi ça te sert ?

– Je voudrais redevenir interprète, comme au début de ma carrière. Je m'ennuie un peu avec les traductions écrites.

– Alors ta formation, c'est pour t'exercer ?

– Oui. Là, je fais mes devoirs, déclare-t-elle en riant.

J'ai du mal à imaginer que ma mère, à son âge, ait encore des devoirs.

– Et toi, ma puce ? Tu es contente de ta journée ?

– Non ! On a eu sport et j'ai été nulle. Je me suis ridiculisée. En plus, on aura piscine cette année. Il faut que tu prennes un rendez-vous chez le médecin.

– Tu as besoin d'un certificat d'aptitude au sport ?

– Non, d'une dispense pour la natation.

Elle est interloquée.

– D'une dispense ? Pourquoi ?

– Parce que... C'est impossible que j'aille à la piscine.

– Pourquoi ?

Elle est bloquée sur ce mot. J'énumère mes raisons. Je sais déjà nager, je ne veux pas me montrer en maillot de bain devant tout le monde, je n'ai jamais mis les pieds dans cette piscine et je vais avoir l'air d'une gourde. Enfin, M. Damart, le prof de sport, n'est pas cool.

Maman attend la fin de l'avalanche puis elle m'invite à m'asseoir près d'elle.

– Tu sais déjà nager, d'accord. Tout comme tu sais lire et écrire. Pourtant, tu ne demandes pas de dispense de français ?

– Bien sûr que non ! Madame Fourmain va nous apprendre des tas de choses !

– Et tu ne veux pas progresser en natation ?

– Le prof ne s'intéresse qu'aux élèves sportifs, je marmonne.

Elle lève les yeux au ciel.

– Tu ne l'as vu qu'une fois et tu le juges déjà ? Tu exagères, ma puce. Quant au grand classique du prof qui n'aimerait que les élèves doués dans sa matière, Félix a utilisé l'argument à propos de tous ses enseignants l'an dernier. Tu veux imiter sa mauvaise foi ?

Je baisse la tête, vexée.

– En tout cas, pas question que les autres me voient en maillot de bain ! Je vais avoir l'air encore plus petite qu'habillée.

Ma mère éclate de rire.

– Quelle drôle d'idée ! Tu ne t'es jamais posé cette question à la plage, Salomé !

– À la plage, les gens ne se connaissent pas et ne sont pas obligés de passer une année scolaire dans la même classe. Je ne veux pas que les autres se moquent de moi. Si le prof nous demande de plonger ou de nager sous l'eau ou d'attraper des balles, je ne vais pas y arriver, j'en suis sûre.

J'entends encore les ricanements de cet après-midi au stade. Je revois l'aisance d'Aïssata, de Capucine, d'Halim et de Raphaël.

Maman me caresse affectueusement les cheveux.

– Tu pars du principe que tous les autres réussiront, sauf toi. Tu te trompes ! Fais-toi confiance. Si tu ne parviens pas du premier coup à réaliser un exercice, ce n'est pas grave. Pour atteindre son but, il faut parfois beaucoup de petites étapes. Mais se dérober, ce n'est pas la bonne solution. On doit surmonter ses peurs pour avancer. Moi, par exemple…

– Tu avais peur d'aller à la piscine ? je m'étonne.

Elle secoue la tête en souriant.

– Non ! Mais quand je doute de mes capacités, je suis paralysée. Alors, au lieu de me morfondre, je travaille d'arrache-pied. Et souvent, ça marche. Je progresse ! Tu verras, après la première séance tu auras oublié tes appréhensions, conclut-elle.

– Je préférerais les oublier avant, je rétorque, boudeuse.

– J'ai la solution ! s'écrie-t-elle. Ton père t'accompagnera samedi à cette piscine, tu te familiariseras avec les lieux et cela te rassurera.

Je la dévisage, suffoquée. Aller à la piscine avec lui, comme quand j'étais petite ? Mais c'est la honte ! Il va me noyer sous des vagues de conseils. Je suis sûre qu'on le prendra pour un maître-nageur. Tout le monde va nous remarquer ! Comment ma mère a-t-elle pu avoir cette idée ?

– Non, ce n'est pas la peine. Tu as raison, je vais me débrouiller. Je te laisse travailler. Bon courage !

Je sors de la pièce avec mon gros mensonge. Maintenant, j'ai deux problèmes : trouver le moyen d'échapper à ces séances de natation et à un entraînement avec papa.

Une seule personne peut m'aider ! Mamilu.

Je traverse le jardin à toute vitesse. Justement, ma grand-mère est occupée à arroser ses fleurs. Je lui raconte mes ennuis.

– Ta maman a raison, réplique-t-elle. Repérer les lieux, c'est un excellent moyen de combattre l'anxiété, Salomé. Ce qui t'effraie, c'est l'inconnu. Arrange-toi pour que l'inconnu te devienne connu et tu n'auras plus peur.

– Pas question d'aller à la piscine avec papa !

– Je te comprends. Mais tu n'es pas obligée d'y aller avec lui !

– Avec qui, alors ?

Elle m'observe, un sourire malicieux aux lèvres. Une idée saugrenue me traverse l'esprit.

– Avec toi ?

Elle éclate de rire.

– Mais non, grosse nounouille, réfléchis ! Qui est aussi à l'aise dans une piscine qu'un poisson dans la mer, qu'un cornichon dans un bocal, que de la confiture sur une tartine ?

Je pousse une exclamation soulagée :

– Florine !

– Exactement. Je suis certaine qu'elle acceptera de jouer la coach avec toi. On va l'appeler.

Je me sens plus légère. Mon problème a trouvé une vraie solution. J'ai de la chance. Je repense à Théodore et je confie à Mamilu ce qu'il m'a dit sur le chemin du retour.

– Il prétend qu'il est nul, mais c'est impossible qu'il le soit. Si tu voyais ses dessins… Ils sont magnifiques !

Elle hoche la tête, pensive.

– Il doit manquer d'assurance. Et si tu l'aidais à se sentir plus à l'aise ?

– Moi ? Oh non ! Je ne crois pas qu'il apprécierait. Il me considère trop comme une bonne élève.

– Il est peut-être intimidé. Comme toi avec ceux qui sont doués en sport.

Je m'imagine devant le grand bain, sous le regard des autres. Les cours, c'est peut-être comme un grand bain inquiétant pour Théodore ?

Mamilu me tire de ma rêverie.

– Il n'a pas de cousine Florine pour l'épauler, lui. Mais il pourrait avoir une copine voisine qui s'appelle Salomé.

Quand je rentre chez moi, j'ai pris deux décisions. J''annonce la première à mes parents.

– C'est réglé pour la piscine. J'irai en reconnaissance avec Florine. Elle est d'accord.

Ils sont ravis !

La deuxième, je la raconte à Biscotte, le soir, dans ma chambre.

– Je ne sais pas encore comment je vais m'y prendre, mais je vais aider Théodore à arrêter de se croire nul en tout.

OSER FAIRE DES HISTOIRES

Voilà bientôt trois semaines que nous sommes rentrés. Quand j'ai du temps libre, je me consacre à la recherche d'un nom pour le collège. Là, j'ai tapé « femmes savantes » sur l'ordinateur du salon. Une liste de grandes mathématiciennes, physiciennes, informaticiennes, défile sous mes yeux. Il n'y a pas que Marie Curie ! Je découvre par exemple Grace Hopper, engagée dans la marine américaine, qui a fait partie des premiers inventeurs du langage informatique vers 1950. Mais est-ce une bonne idée de choisir quelqu'un d'archi-doué ?

– Papa, maman ? Si votre collège avait porté le nom d'un génie, vous auriez été intimidés ?

Mes parents, qui discutaient dans la cuisine, s'interrompent à mon arrivée. Ils semblent à des années-lumière de mes préoccupations. La preuve, ils me demandent de répéter ma question.

Je les trouve étranges depuis quelque temps. Ils multiplient les conversations à voix basse, ils se taisent brusquement devant nous. Bref, ils se comportent comme à l'approche de nos anniversaires ou de Noël. Sauf que nos anniversaires sont déjà fêtés et que Noël est encore loin. Qu'est-ce qu'ils mijotent ?

Le soir, je décide d'en parler à Félix. Il m'écoute d'une oreille distraite.

– C'est surtout papa qui est bizarre. Il est toujours sur mon dos pour les devoirs, il exige que je lui montre mes cours comme si j'étais en sixième. On dirait qu'il s'entraîne pour le championnat de père modèle. Tu n'as pas remarqué ?

– Un peu...

Je ne veux pas le vexer en lui expliquant que si papa lui met autant de pression, c'est à cause de son passé scolaire peu glorieux. Et inutile de l'humilier en lui précisant que vu mes notes et mon organisation imparable, je n'ai pas besoin d'aide, moi.

– Heureusement, maman me laisse respirer, conclut-il.

– C'est parce qu'elle est moins souvent à la maison qu'avant, je réplique.

Au collège, la routine s'est installée. Maintenant, j'ai repéré où sont les meilleurs endroits pour discuter tranquillement, quel jour le menu de la cantine est le meilleur (ou le pire), quels sont les professeurs les plus gentils. M. Favrey, le prof de maths, confirme ma première impression. Il est vraiment génial. Il organise souvent des séances en groupes pour qu'on travaille en s'entraidant. Théodore a accepté de se joindre à Emma et moi. Il est loin d'être aussi nul qu'il le prétend. La preuve, parfois c'est lui qui explique une difficulté à Emma.

Mme Fourmain est super aussi, même si elle est exigeante. Elle nous demande beaucoup de rédactions qu'elle nous rend corrigées trois jours plus tard. Selon elle, le français est une affaire d'entraînement comme la musculation. Avec une pratique régulière, on peut se forger une orthographe et un vocabulaire en béton, l'équivalent des abdominaux en plaquette de chocolat.

– Vous imaginez Fourmain dans une salle de sport, en débardeur et en short ? pouffe Raphaël.

Je le foudroie du regard mais il s'en moque. Sa remarque a déclenché un petit rire chez Capucine et il se rengorge, très fier. J'ai l'impression qu'il est prêt à tout pour attirer son attention. Il n'est pas le seul ! En à peine un mois, Capucine est devenue très populaire. C'est la star de l'atelier de danse urbaine. Des quatrièmes et des troisièmes la saluent même dans la cour, y compris des garçons !

– Tu es jalouse ? me demande un jour Emma, tandis que nous évoquons le sujet après la cantine.

– Je ne sais pas. D'un côté, elle m'exaspère (Mme Fourmain nous a appris ce mot, qui signifie taper sur les nerfs XXL, en plus chic) avec sa façon de se mettre en avant. Mais j'aimerais avoir son assurance. Et son succès…

– Ne t'inquiète pas ! Tu es beaucoup plus sympa qu'elle. Toi, en plus, malgré tes super notes tu ne te vantes jamais.

Sans me vanter, elle a raison. Dommage que certains profs ruinent ma discrétion avec leur manque de finesse. Mme Rimbaud, surtout, que j'appelle Mme Rainbow à cause de son goût prononcé pour les couleurs de l'arc-en-ciel.

– Salomé a encore la meilleure note, insiste-t-elle à chaque fois qu'elle rend des interros.

À cause de ses commentaires, on me considère comme sa chouchoute et je dois supporter les sourires moqueurs. Mme Rimbaud aurait besoin d'une formation en psychologie. Heureusement, en français c'est souvent Emma qui décroche les meilleurs résultats. Elle écrit de merveilleuses rédactions remplies de pensées profondes. Je suis sûre qu'elle proposera un nom génial pour le collège.

Au fait…

– Vous avez encore trois semaines pour réfléchir, rappelle Mme Fourmain. Ceux qui désirent soumettre une proposition la feront valider par un professeur qui signera un bulletin. Autant éviter les noms ridicules ou les mauvaises plaisanteries.

Un brouhaha s'élève, ponctué de rires.

– Demain, on installera une boîte devant la Vie scolaire pour recueillir vos suggestions, poursuit-elle. N'oubliez pas que si votre choix est retenu, vous devrez le défendre en public, après les vacances de la Toussaint.

– Quoi ? Il faudra parler devant tout le monde ? s'écrie Halim. Tout le monde tout le monde ?

– Absolument ! L'ensemble des élèves sera réuni dans l'amphithéâtre.

– On est obligés de prononcer un discours ? se désole Manelle.

Manelle Arfaoui est une grande timide. Le genre de timide capable de se retenir une journée entière d'aller aux toilettes si des troisièmes sont dans les parages. Elle met souvent la main devant sa bouche comme pour se cacher derrière. Si elle n'était pas dispensée de piscine à cause de problèmes d'oreille, je suis sûre qu'elle appréhenderait plus que moi les séances de natation. Je lui ai proposé de venir dans notre groupe, en maths, mais elle préfère rester avec Capucine. Je me demande pourquoi.

– Comment espères-tu convaincre les gens de voter pour ton choix si tu ne prends pas la parole, Manelle ? lance gentiment Mme Fourmain.

– Si tu veux, tu me donnes ton idée de nom et moi, je me charge du discours, glisse Raphaël. Je n'ai pas de problème à l'oral.

Tout le monde l'a remarqué ! Je me penche à l'oreille d'Emma.

– Tu as déjà une idée ? je chuchote.

Elle hoche la tête, les yeux brillants, et pose un doigt sur ses lèvres. Je ne sais pas si cela signifie qu'elle souhaite garder le secret ou si c'est pour m'avertir que ce n'est pas le bon moment pour aborder le sujet.

– Emma, Salomé ! Attention aux bavardages !

Ah… C'est la deuxième option. Je m'efforce de patienter en silence pour échapper à l'arme fatale de Mme Fourmain : le changement définitif de place.

À la récréation, je peux enfin satisfaire ma curiosité.

– Alors ?

– Qu'est-ce que tu penses de J.K. Rowling ? murmure Emma. C'est une femme, elle est écrivaine et tout le monde connaît *Harry Potter*…

– … dont tu es fan ! C'est une idée géniale ! je m'exclame. Et toi, Théodore, tu comptes proposer un nom pour le collège ? je lance, alors qu'il passe devant nous.

Il s'arrête et hausse les épaules.

– Il n'aurait aucune chance d'être retenu. Collège Basilic ou collège Smok-Wawelski, ce n'est pas envisageable !

Nous le regardons, ahuries.

– Ce sont des noms de dragons ? risque Emma.

– Oui. Tu t'y connais ? rétorque-t-il, intéressé.

– Euh, pas spécialement. Mais il y a un basilic dans *Harry Potter*, explique-t-elle. Et c'est un reptile, comme certains dragons.

– Super esprit de déduction, approuve Théodore.

Soudain, Capucine s'incruste dans le paysage.

– Vous parlez de quoi ?

– Du futur nom du collège, répond Emma à contrecœur.

– Oh, ce petit concours ? Je n'en vois pas l'intérêt, lâche-t-elle avec dédain. Les troisièmes disent que ce sont les adultes qui décideront au final. D'ailleurs, j'en connais plein qui refusent de participer. Par contre, c'est bientôt l'élection des délégués. Ça, c'est important ! Je vais me présenter, conclut-elle en s'éloignant.

– Elle se prend vraiment pour une reine, je marmonne, agacée.

– Et si on était candidates, nous aussi ? suggère Emma.

Je la dévisage, incrédule.

– Toi et moi ?

– Pourquoi pas ? C'est intéressant ! Et puis, ça m'entraînerait pour mon futur métier de psychologue, insiste-t-elle. Il faut s'intéresser aux autres si on veut être un bon délégué.

– Tu devrais en informer Capucine, ironise Théodore. Elle n'a pas l'air d'être au courant. Si vous vous présentez, je voterai pour vous !

– Oh, merci, lance Emma, ravie.

La sonnerie retentit. C'est l'heure du cours d'histoire-géo. M. Jaurin nous attend déjà, les bras croisés, l'air mécontent. D'après Mme Fourmain, il se plaint qu'on n'apprend pas nos leçons sérieusement et qu'on ne participe pas assez. C'est injuste ! Moi, je lève toujours la main pour répondre à ses questions mais, depuis quelque temps, il ne me donne plus la parole et semble m'ignorer. Alors, terminés, les efforts. M. Jaurin me déçoit depuis la rentrée.

Nous nous installons. Avec lui, on ne choisit pas sa place, on s'assoit par ordre alphabétique. Je me glisse donc à côté de Paul Monteneiro, ce qui représente en soi une punition. Paul n'a presque jamais ses affaires, il se retourne souvent pour rire avec ses copains, il louche toujours sur mon cahier et son mot favori est « cataprout ». Bref, impossible de s'ennuyer en paix avec un voisin comme lui.

M. Jaurin annonce :

– J'ai une surprise pour vous.

Nous le regardons, étonnés. Un petit sourire aux lèvres, il saisit des documents sur son bureau.

– Une interrogation... surprise !

Quel humour pourri ! Malgré nos protestations indignées, il nous distribue le sujet et exige le silence. Nous avons à peine commencé qu'il se plante devant moi.

– Salomé, une table est libre près du bureau, va t'y installer.

– Pourquoi ? je demande, ahurie.

– Ne perdons pas de temps à discuter, va devant, s'il te plaît.

Je rêve ! Si nous étions dans la vie imaginaire, je lui rétorquerais que c'est lui qui me fait perdre mon temps… J'étais en train de réfléchir aux questions et par sa faute j'ai perdu le fil de mes pensées. Mais on est dans la vie réelle. Je me lève, je prends mes affaires et je déménage jusqu'à la place désignée. Je croise le regard interloqué d'Emma et celui de Théodore, perplexe.

Quand je lui rends ma feuille, à la fin de l'heure, M. Jaurin parcourt mes réponses en esquissant un rictus.

– Très intéressant, très intéressant…

On dirait qu'il se moque de moi. Je rassemble mes stylos, pressée de partir. Une petite voix flûtée murmure alors dans mon dos :

– C'est tellement facile d'avoir de bonnes notes quand on triche. Mais c'est plus difficile de tricher sous le nez du prof.

Je me retourne, suffoquée.

Capucine m'adresse une moue narquoise, rajuste son sac et quitte la salle, Raphaël sur les talons.

Après les cours, je consacre le trajet du retour à commenter avec Emma ce que j'appelle « l'affaire Jaurin ». J'avais espéré que Théodore rentre avec nous, mais il est resté à discuter avec des copains devant le collège.

– Tu te rends compte ? Elle m'a accusée de tricher. N'importe quoi !

– Laisse tomber les insinuations de Capucine, elle est jalouse de toi.

– Le prof pense peut-être aussi que je triche ? Mais oui ! je m'exclame, consternée. C'est pour cela qu'il m'a changée de place et qu'il ne m'interroge plus.

Emma marque un temps puis me regarde dans les yeux.

– Promets-moi de ne pas te fâcher, Salomé. Je crois que si monsieur Jaurin ne t'interroge plus, c'est parce que tu lèves sans arrêt la main. Il doit aussi s'occuper des autres.

– Mais personne ne participe, je proteste.

– Certains voudraient peut-être essayer. Mais comme tu as toujours les bonnes réponses, ils n'osent pas. Surtout s'ils sont timides comme Manelle.

Je n'avais pas vu les choses sous cet angle. Emma est déjà une psychologue très douée. D'un côté, je suis admirative, de l'autre, je suis ennuyée de découvrir que je peux décourager des élèves.

– Message bien reçu, je déclare. Je laisserai les autres parler dorénavant. (J'adore ce mot tout doré, qui signifie « à partir de maintenant ». Mme Fourmain nous l'a appris ce matin.) Tant pis si personne ne lève la main. Ça lui fera les pieds, à M. Jaurin.

Une fois rentrée, je file chez Mamilu, où je retrouve Émilia, la petite sœur de Simon et de Florine. Elle a l'âge des trémas, sept ans, et elle est trop chou. Si nous étions dans la vie imaginaire, elle serait ma petite sœur à moi. Ça me changerait de Félix. Mais on est dans la vie réelle et Émilia n'est que ma cousine. Par chance, je la vois souvent car Mamilu va la chercher à l'école et s'occupe d'elle quand ma tante ne peut pas se libérer de son travail. Elle l'aide pour ses devoirs et moi, j'aide Mamilu.

Justement, ma cousine a une poésie à apprendre et elle râle.

– C'est nul, le CE1, il y a trop de travail ! La maîtresse n'arrête pas de nous répéter qu'on est grands et qu'on doit avancer. Pourtant, les CM1 et les CM2 nous traitent de minus et nous bousculent dans la cour.

– Tu sais, dans mon collège les troisièmes font pareil avec nous, je déclare. On m'a même surnommée le nain de jardin !

– Alors, ça sert à quoi de grandir si on est toujours le plus petit d'un plus grand ? ronchonne Émilia.

– Le pire, c'est certains profs, j'ajoute.

Et je raconte l'incident du cours d'histoire.

– Moi, je n'aurais pas bougé de ma chaise, affirme-t-elle d'un air décidé en croisant les bras. Ton prof aurait été obligé de me transporter ou de me traîner de force sur le sol. Ça aurait fait des histoires et il aurait été super embêté.

– Tiens, une autre fan de Gandhi, murmure Mamilu, amusée.

– Qui c'est, Gandhi ? demande Émilia, méfiante.

– Un monsieur indien qui a lancé un grand mouvement de lutte non violente dans son pays. Il incitait les gens à s'asseoir devant la police pour protester contre les injustices et les inégalités, je résume. C'est l'idole de Félix.

– Il est génial, ce Gandhi !

Mamilu se retourne vers moi.

– Ton prof soupçonnait certainement ton voisin de copier sur toi, Salomé. Voilà pourquoi il vous a séparés pendant cette interrogation.

– Pourquoi il n'a pas déplacé Paul ? je riposte.

Elle ébouriffe affectueusement mes cheveux.

– Il a supposé que tu ne ferais pas d'histoires. Et il a eu raison.

Le dépit doit se lire sur mon visage. Elle me réconforte.

– Ne t'inquiète pas. Bientôt, tu prendras de l'assurance. Et la nouvelle Salomé apparaîtra.

– Et la nouvelle Émilia aussi, s'exclame triomphalement ma cousine en levant les bras au ciel. Fini les minus, fini les nains !

Avant de m'endormir, je me repasse en boucle le film de la journée. J'ai été nulle. J'aurais dû protester et faire des histoires avec le prof d'histoire. Les yeux fermés, j'imagine le magnifique reportage que cela aurait donné.

« Flash spécial en direct du collège de la voie D10. Alors que M. J. obligeait une élève, Salomé Lortal, à changer de place sans raison valable pour un contrôle surprise, cette dernière a refusé de bouger, malgré l'insistance du professeur. Un grand remue-ménage s'en est suivi. Ses camarades ont pris parti pour elle. Alertée par le bruit, la Principale du collège est intervenue. Informée de l'attitude injuste de M. J., elle l'a renvoyé. Salomé Lortal a été acclamée par sa classe comme une libératrice. Nous vous offrirons bientôt son interview en exclusivité. »

DÉCOUVRIR L'EFFET TOBOGGAN

C'est aujourd'hui samedi que Florine décide de m'emmener à la piscine. La championne du cent mètres dos au niveau régional sonne à 10 heures, accompagnée de Simon qui s'est proposé comme chauffeur.

– Félix dort encore ? s'enquiert-il alors que Tiramisu se frotte contre ses jambes.

Notre chat adore Simon, comme moi.

– Non ! Il est au lycée, répond mon père.

– Le pauvre ! grimace mon cousin. Vous lui avez fait un sale coup en l'inscrivant à Gustave-Eiffel, ajoute-t-il à l'adresse de mes parents.

Pendant qu'il discute avec eux de sa vie d'étudiant, Florine m'entraîne à l'écart.

– Petit cadeau pour toi, dit-elle en me tendant un sac.

– Qu'est-ce que c'est ?

– De super maillots de bain !

Je ne sais pas ce qu'elle appelle un super maillot de bain. Un maillot magique qui allonge sa propriétaire de huit centimètres ?

– Ce sont des maillots de natation, de quand j'avais ton âge. Va les essayer.

Aïe ! Vu les goûts très spéciaux de ma cousine, je redoute de découvrir des couleurs flashy. J'ai envie de tout sauf de me distinguer. Pourtant, en ouvrant le sac, je suis rassurée : je trouve deux maillots une pièce noirs, très simples, des bonnets de bain assortis et des lunettes. Tout est à ma taille. Dans le miroir, j'ai presque l'air d'une nageuse professionnelle.

Nous partons aussitôt. Simon m'invite à monter à côté de lui dans la voiture. Je suis trop fière ! Tandis qu'à l'arrière, Florine consulte ses messages sur son portable, nous bavardons tous les deux. Je lui raconte mes ennuis avec le prof d'histoire, les remarques désagréables de Capucine, l'attitude méprisante des quatrièmes et des troisièmes. Il compatit.

– Au collège, l'enfer, c'est les autres.

– Voleur de citation ! intervient Florine. « L'enfer, c'est les autres » c'est une phrase de Jean-Paul Sartre, un philosophe du XXe siècle. Voilà une idée de nom pour ton collège, Salomé.

– Je cherche un nom de femme, je rétorque en secouant la tête.

– Dans ce cas, pourquoi pas Simone de Beauvoir, sa compagne ? C'était une grande intellectuelle, elle aussi. Elle a beaucoup réfléchi à la cause des femmes.

– Terminus piscine pour ces dames, annonce Simon en se garant. Maman vous récupérera vers midi. Bonne séance !

Nous lui adressons un coucou tandis qu'il redémarre et nous entrons dans le bâtiment. L'odeur de chlore me saute au nez.

– Comment peux-tu passer autant de temps dans un endroit qui pue l'eau de Javel ? je lance en me pinçant les narines.

– Question d'habitude ! À force de m'entraîner ici, je ne remarque plus. Viens, je vais tout te montrer.

Florine me conduit dans les vestiaires réservés aux groupes, m'explique le fonctionnement des casiers puis elle me désigne une cabine et s'enferme dans celle d'à côté.

– On se retrouve aux douches. N'oublie pas tes claquettes !

– Pas de danger, je réponds d'un air dégoûté, comme si je distinguais une armée de microbes grouillant sur le carrelage.

Quelques instants plus tard, je la rejoins. Impossible de la rater dans son maillot vert fluo. Comme elle est musclée ! Près d'elle, je me sens ridicule avec ma silhouette d'allumette de poche. Elle me détaille de la tête aux pieds.

– Tu es parfaite ! affirme-t-elle.
– Merci.
J'esquisse un sourire rassuré et je la suis vers le grand bassin.

Mamilu a raison. Rendre l'inconnu connu, ça efface le stress. Florine nage près de moi en me donnant des conseils, elle me montre les exercices qu'on nous demandera sûrement de réaliser, elle m'invite à aller sous l'eau avec elle. Et elle est super encourageante.
– Tu te débrouilles très bien, Salomé ! On va s'entraîner à plonger maintenant.
Tandis qu'elle fend l'eau dans un crawl impeccable pour regagner le bord, je m'extrais de la piscine et je trottine pour la rejoindre. Lorsque j'arrive, je la trouve en grande discussion avec une fille noire en maillot bleu. Deux petits garçons de l'âge d'Émilia, équipés de brassards, se tiennent près d'elles.
– Tricia ? je m'exclame, stupéfaite.
– Salomé ?
– Vous vous connaissez ? s'étonne Florine
– On est dans la même classe, je réponds. Et vous ?
– On est toutes les deux au club des Poissons volants, déclare Tricia. Parfois les cadets encadrent les benjamines pour l'entraînement. Florine est super gentille !
– Je suis d'accord ! Tu sais que c'est ma cousine ?
Tricia ne cache pas sa surprise.

– On a pensé qu'une petite séance de piscine nous mettrait en forme, glisse Florine.

Je lui suis reconnaissante d'avoir « maquillé » la vérité.

– Moi, je m'occupe de mes frères pendant que maman suit sa séance d'aquagym, explique ma camarade en désignant un groupe de dames en bonnets de bain qui sautillent en rythme. Je les conduisais au toboggan.

– On vient avec vous, décrète Florine.

Je n'ai pas trop envie, Tricia ne semble pas emballée non plus, mais impossible de refuser devant l'enthousiasme de ma cousine.

Les deux garçons calés entre nous, Florine en tête, nous dévalons le tube plusieurs fois en hurlant dans les virages. C'est super drôle !

– Salomé, on essaie à plat ventre ? propose Tricia.

– D'accord !

Le temps file aussi vite que nous dans le toboggan. Lorsque arrive le moment de nous quitter, Tricia me lance :

– Finalement, tu es super sympa pour une intello !

Je sursaute.

– Une intello ?

– Ben oui… C'est comme ça qu'on t'appelle dans la classe. Tu connais toujours les réponses aux questions, tu as de super notes. Tu dois passer ta vie dans les bouquins !

Sa remarque me laisse bouche bée. Tandis qu'elle s'éloigne avec ses petits frères pour rejoindre sa mère, la honte et la colère grimpent à l'échelle de mon toboggan intérieur et poussent le plaisir de cette matinée qui tombe dans un grand plouf.

Pendant que nous nous séchons les cheveux, Florine observe mon visage dans la glace.

– Quelque chose te chiffonne ?

Je me décide à tout lui raconter. Elle m'écoute avec attention et esquisse enfin une moue blasée.

– Ah, la fameuse étiquette d'intello... Je connais ! Si j'ai un conseil à te donner, Salomé, ne laisse pas les jugements que tu peux entendre sur toi te pourrir la vie. Au collège, c'est parfois difficile pour les très bons élèves. Comme ils réussissent, ils excitent la jalousie et parfois, on les embête.

Sa remarque me rappelle celle de Félix, la veille de la rentrée.

– C'est super pénible ! je m'exclame. Sous prétexte que j'ai de bonnes notes, les autres me regardent de travers. Tricia était étonnée de me trouver sympa, tu te rends compte ? Comment arrêter ça ? Je ne vais tout de même pas me forcer à avoir de mauvais résultats pour être acceptée !

– Bien sûr que non. Reste toi-même.

– En tout cas, je ne choisirai pas le nom de Simone de Beauvoir pour le collège, je marmonne. L'intello de la classe qui propose le nom d'une intellectuelle, tu imagines le tableau !

Florine met les mains sur les hanches.

– Et pourquoi pas, si ça te chante ? Tu ne dois pas agir en fonction de ce que les autres pensent ! « De l'intelligence et de la personnalité : voici le but de la vraie éducation. », déclare-t-elle avec conviction. C'est une phrase de Martin Luther King.

Je fronce les sourcils.

– Tu n'as jamais entendu parler de Martin Luther King ? C'était un pasteur afro-américain qui s'est battu pour que les Noirs aient les mêmes droits que les Blancs et pour que la ségrégation cesse. On a étudié un de ses discours en anglais, *I have a dream*. Trop fort !

– C'est quoi, la ségrégation ?

– Une séparation ignoble des gens en fonction de leur couleur de peau. Imagine que Tricia n'ait pas le droit de fréquenter la même piscine que nous, ni ton collège, parce qu'elle est noire.

– Ce serait révoltant ! je m'insurge.

– C'est ce qu'a montré Martin Luther King. Il n'a jamais rien lâché dans son combat. Il a encouragé les personnes de couleur à cultiver leur intelligence et à affirmer leur personnalité. Alors ne te désole pas d'être douée. Sois-en fière !

J'ai presque envie d'applaudir.

– Merci, Florine. Tu m'as remonté le moral.

– Opération piscine réussie alors, conclut-elle. Filons ! Maman doit nous attendre.

En effet, la voiture de ma tante Isabelle, que j'appelle Isa, est garée sur le parking. La portière s'ouvre.

– Montez vite, les filles ! Je vous emmène au restaurant.

– Au restaurant ? s'exclame ma cousine. La classe ! Je croyais que tu étais fauchée en ce moment ?

– Là, je vais gagner de l'argent grâce à mon job de client mystère, réplique Isa. En route pour la nouvelle brasserie du centre commercial.

En chemin, ma tante explique qu'un client mystère est une personne payée pour tester la qualité d'un produit ou d'un lieu comme une boutique, un salon de coiffure, une pizzeria. Dans un restaurant par exemple, le client mystère note l'accueil, l'efficacité du service, le goût des plats. C'est un vrai travail, d'autant qu'il ne doit pas se faire repérer !

Car le plus difficile pour un client mystère, c'est de ne pas ressembler à un client mystère. Voilà pourquoi elle nous a invitées au restaurant. Nous lui servons de « couverture », comme disent les espions. Avec Florine et moi, Isa ressemble à une mère de famille normale qui profite d'un déjeuner normal avec sa famille normale. Personne ne se méfiera de nous. Et puis Florine, avec ses cheveux teints en bleu, ne passe pas inaperçue. Or, qui penserait qu'un client mystère cherche à être remarqué ?

À la brasserie, je m'efforce de ne pas dévisager le personnel et d'avoir un air naturel. Je ne veux pas que ma tante soit démasquée par ma faute. En même temps, j'observe tout. Je note qu'un employé vient de se gratter le nez avant de prendre les assiettes qu'il doit servir. Beurk ! Florine se concentre sur son plat et semble déçue de ne pas trouver de cheveux. Quant à Isa, elle part en reconnaissance aux toilettes pour en vérifier la propreté.

Une heure et demie plus tard, nous quittons le restaurant, l'air dégagé, et nous continuons à jouer notre rôle jusqu'à la voiture. Ce n'est qu'une fois à l'intérieur que chacune y va de son commentaire. Isa doit rédiger un rapport, comme pour une enquête. Je crois qu'elle mettra une bonne note.

Ma tante dépose Florine en ville puis me ramène à la maison. Elle discute quelques instants avec papa dans le jardin. Il est son grand frère, de quatre ans. Souvent, ils ne sont pas d'accord. D'après Mamilu, c'était pire quand ils étaient enfants.

Je me précipite dans le bureau de maman pour lui raconter la matinée mais elle est absente. Déçue, je rejoins Isa pour lui dire au revoir. Papa l'a raccompagnée à sa voiture. Je m'approche. Et là, je l'entends murmurer :

– Surtout n'hésite pas, Bruno, on est là. Si Florence doit s'en aller, tu pourras compter sur nous.

AFFRONTER SES PEURS

« *Si Florence doit s'en aller, tu pourras compter sur nous…* »

Cette phrase tourne dans ma tête comme un refrain de chanson, sauf que là, c'est un refrain pourri de chanson archi-pourrie que je n'ai pas envie d'entendre.

Si nous étions dans la vie imaginaire, je bombarderais mon père et ma tante de questions. Pourquoi maman devrait-elle s'en aller ? Et où ? Mais on est dans la vie réelle. Je n'ose pas demander d'explications. Pire, je fais comme si je n'avais rien entendu. Est-ce à cause de l'air agacé de papa ou de son empressement à changer de sujet de conversation ? Je ne sais pas.

Je me réfugie dans ma chambre pour réfléchir. Ma mère n'a pas parlé de prendre des vacances, au contraire elle travaille beaucoup en ce moment et elle s'absente souvent pour des rendez-vous. Alors, pourquoi partirait-elle ? Il y a sûrement un lien avec les mystérieuses conversations de mes parents. J'avais raison. Ils ont un secret. Mais lequel ?

En général, quand les adultes sentent que leurs enfants dissimulent des choses, ils leur posent des questions sans hésiter. Du genre :

« PAPA (brandissant une copie de maths notée 5/20) : Félix, tu n'aurais pas oublié de m'annoncer une mauvaise nouvelle, par hasard ? »

Mais l'inverse est inimaginable. Je ne me vois pas me planter devant mes parents et leur lancer :

« MOI : Vous ne nous cacheriez pas un départ, par hasard ? »

J'en parlerais bien à Félix, mais il est au cinéma avec des copains.

J'en parlerais bien à Mamilu, mais elle est à son cours de tango avec des copines.

– Papa, je peux rejoindre Emma au parc ?

Mon père me regarde et acquiesce.

– Bien sûr, ma puce. Mais ne rentre pas trop tard et prends ton portable.

– D'accord !

Emma, à qui j'ai envoyé un SMS/SOS, est déjà sur place. Nous dénichons un banc à l'écart des enfants qui jouent au ballon en criant. Je lui raconte mes soucis : le surnom d'intello et le départ mystère de ma mère. Emma est la reine de la psychologie. Elle va m'écouter et me rassurer.

En effet, elle s'absorbe dans mon récit en enroulant une mèche de cheveux autour de son index. Lorsque j'ai terminé, elle demeure silencieuse un moment et finit par déclarer :

– Il faut que je t'avoue un truc, Salomé. Le jour de la rentrée, quand ton père et ma mère nous ont accompagnées au collège, les trémas ont surpris des bribes de conversation entre eux. Elles ont compris que ta mère allait s'en aller et que c'est ton père qui vous garderait, Félix et toi.

Mes oreilles sifflent, j'ai mal au ventre.

– N'importe quoi ! je m'écrie.

– Ça m'a paru tellement idiot que je ne t'en ai pas parlé. J'ai pensé que les jumelles avaient interprété de travers. Mais avec ce que tu me racontes maintenant...

Elle n'achève pas sa phrase. Soudain, les jours précédents défilent à toute vitesse dans mon esprit. Je repense à la remarque de Mamilu sur le fait que je devrais m'habituer à ce que ma mère soit moins disponible. J'entends maman évoquer les peurs qu'il faut surmonter, même si on ne s'en croit pas capable. Je songe à papa qui, d'après Félix, semble préparer un concours de père modèle. Et je revois mes parents discuter à voix basse. Oh non, ce n'est pas possible !

Les sons qui s'échappent de ma bouche ressemblent à un gargouillis.

– Je ne comprends pas. Ils s'entendent très bien, mes parents. Ils ne se disputent pas. Les tiens se disputaient beaucoup avant de divorcer ?

Emma réfléchit.

– Pas trop. Je sentais qu'ils étaient tendus, seulement, ils ne criaient pas. C'était... comme un courant d'air glacé entre eux.

Je frissonne, horrifiée. Je n'ai pas envie d'un courant d'air froid, moi, je veux continuer à avoir bien chaud !

Emma me passe un bras autour du cou pour me réconforter.

– Ça ne sert à rien de t'inquiéter pour le moment. Espionne tes parents. Si quelque chose cloche, tu le remarqueras. Au cas où ton père vous garderait, Félix et toi, tu les entendras certainement en parler.

– Ah non ! Je ne resterai pas à la maison avec papa et Félix, je m'écrie.

– Ça t'embêterait de vivre avec ton père ? Théodore semble s'y faire, lui.

– Ses parents ne sont pas divorcés, je réplique.

– Ah bon ? s'étonne Emma. On ne voit jamais sa mère. Je croyais que...

– Non, elle voyage souvent pour son travail. C'est Mamilu qui me l'a dit. Elle connaît les parents de Théodore, ils sont voisins. De toute façon, si papa et maman se séparent, je n'irai ni chez l'un ni chez l'autre. Je m'installerai chez ma grand-mère.

– Je ne sais pas si le juge sera d'accord…

L'image d'un homme vêtu de noir jaillit dans mon esprit. Visage en lame de couteau, sourcils en accents circonflexes, lèvres réduites à deux traits. Pas question de me laisser faire !

De retour à la maison, je ne quitte pas mes parents d'une semelle au point que maman, inquiète, me demande si tout va bien. J'ai beau les épier, je ne remarque rien d'anormal. Quand Félix revient du cinéma, ils s'énervent un peu car mon frère, selon son habitude, répond à leurs questions en trois mots. Mais rien d'alarmant. Après le dîner, je reste au salon pour regarder un DVD avec eux. Pas de courant d'air froid à l'horizon. Ils plaisantent même au sujet de Tiramisu qui semble fasciné par Rémy, le rat de *Ratatouille*.

Quand je monte dans ma chambre, je suis un peu rassurée. Mais je préfère prendre mes précautions. Alors je sors mon cahier de brouillon en écartant Biscotte qui tente d'en grignoter une page. Au travail !

Lettre de secours au cas où mes parents divorceraient

Monsieur le Juge ou madame la Juge, (après tout, le Juge est peut-être une femme)

Je m'appelle Salomé Lortal. J'ai dix ans. Je soupçonne mes parents de vouloir divorcer. Je n'ai aucune preuve, mais des gens ont entendu mon père dire qu'il s'occuperait de mon frère Félix et de moi. Ma tante a également fait une allusion au départ de ma mère. Avouez que c'est troublant! Alors voilà:

Je sais qu'on ne peut pas empêcher des parents de se séparer (la preuve, ma meilleure amie Emma n'y est pas arrivée), mais je ne suis pas d'accord pour vivre à la maison avec papa. Je vais vous expliquer pourquoi.

D'abord, mon père voudra tout réaliser à la perfection et il sera encore plus stressé que d'habitude. J'ai déjà testé avec lui la veille de la rentrée, le jour de la rentrée, le lendemain de la rentrée, croyez-moi, je sais de quoi je parle.

Sans maman, il sera toujours sur les nerfs, surtout à cause de Félix qui ne travaille pas beaucoup au lycée, même si c'est un lycée privé. Il faut vérifier tous les soirs ses devoirs, ce qui n'est pas une partie de plaisir car mon frère rechigne sans arrêt. Il prétend qu'il est assez grand pour gérer, mais c'est faux. Bref, avec un père hyper stressé, j'aurai des indigestions de stress moi aussi et mon mille-pattes ne me laissera pas tranquille.

Surtout, je serai trop triste de rester dans la maison avec un seul parent (papa) alors que l'autre parent (maman) n'y est plus. Je ne supporterai pas de passer devant le bureau vide de ma mère. Là encore, mon mille-pattes s'en donnera à cœur joie.

J'ai une meilleure solution, monsieur le Juge ou madame la Juge. Je veux habiter chez ma grand-mère, Lucie Lortal, qui vit en face de chez nous et que j'adore.

Je m'installerai dans la chambre d'amis avec Biscotte, ma cochonnette d'Inde. Mon père pourra me voir aussi souvent qu'il le souhaite (c'est facile, il y a juste le jardin à traverser), ma mère aussi. Après tout, si les adultes décident de divorcer, c'est à eux de se déplacer, pas aux enfants, comme ma copine Emma qui est obligée de changer de maison toutes les semaines (même si maintenant, elle assure qu'elle s'est habituée).

J'ignore ce que Félix décidera, mais étant donné que je vous trouve une super solution qui vous économise du travail, j'espère que vous tiendrez compte de mon avis en ce qui me concerne.

Je vous remercie d'avoir pris le temps de me lire, surtout si c'est une lettre pour rien et que je me sois trompée, ce que j'espère.

Je mâchouille mon crayon. Je ne peux pas terminer avec cette phrase si je veux être prise au sérieux. Il doit y avoir des formules spéciales pour les juges.

Sur mon étagère, je saisis un gros livre à la couverture de cuir rouge. Le titre s'étale en lettres dorées : *Parlez mieux, écrivez mieux*. Il appartient à Mamilu. Elle me l'a donné pour mon entrée en sixième.

Il contient toutes sortes d'astuces pour rédiger dans un français impeccable. Je suis certaine que Mme Fourmain le connaît. Je le feuillette et je tombe sur le chapitre « Formules de politesse ». Voilà, j'ai exactement ce qu'il me faut.

Je vous prie, monsieur le Juge ou madame la Juge, de bien vouloir agréer l'expression de ma considération distinguée.

C'est long à recopier, mais c'est hyperstylé !

PROTESTER

Une semaine s'est écoulée et l'espionnage sur l'éventuel divorce de mes parents n'a rien donné. C'est même l'inverse. Un petit vent de bonheur souffle sur la maison. Maman est ravie car elle a effectué deux missions d'interprétariat à Paris, qui se sont très bien déroulées. Mon père est détendu. La preuve, il a décidé de moins surveiller le travail de Félix. Ce dernier lui a juré qu'il s'organisait mieux. Je me demande si papa a raison de le croire, mais bon… Moi, j'ai évité de justesse la catastrophe en sport ce jeudi. On a fait de l'endurance et comme j'ai couru avec Emma et Théodore, j'ai oublié mes points de côté et je me suis montrée… plus endurante que prévu. M. Damart m'a même gratifiée d'un « Pas trop mal, Salomé ! ».

Aujourd'hui samedi, je passe un moment chez Mamilu. Elle se passionne pour un projet : créer un blog de pâtisserie. Simon lui a assuré que c'était assez simple et qu'il l'aiderait. Sur ses conseils, elle note dans un cahier ses idées, dont elle me fait part.

– Il faut que je trouve un nom pour mon blog. Un nom original, un nom qui mette l'eau à la bouche. Certainement pas *Les gâteaux de mamie* !

– Et moi, il faut que je trouve un nom pour mon collège, je soupire. Le nom d'une femme à laquelle les élèves puissent s'identifier. Pas une femme savante, pas un génie ; une femme ordinaire qui sort de l'ordinaire en refusant de se laisser marcher sur les pieds.

– Le nom d'une femme qui dit non, plaisante Mamilu.

– Oui ! J'avais pensé à Kathy Switzer.

– Qui est Kathy Switzer ?

– La première femme qui a participé au marathon de Boston en 1967. Tu te rends compte que c'était une compétition interdite aux femmes à l'époque ? Elle s'est inscrite sous ses initiales et comme elle portait un sweat avec une capuche, on l'a prise pour un homme. Mais quand l'organisateur s'en est aperçu, il l'a rattrapée en voiture pendant la course et il a essayé de lui arracher son dossard. Le petit copain de Kathy s'est bagarré avec lui. Les journalistes ont pris plein de photos et l'événement a fait le tour du monde.

– Quelle histoire ! Ton idée est excellente, approuve Mamilu.

Je plisse le nez.

– Mouais. J'hésite encore… J'ai peur d'être ridicule avec ce nom. Je ne suis pas une athlète comme Aïssata, moi, et je n'aligne pas assez de tours de piste pour être une marathonienne !

– En tout cas, tu te donnes beaucoup de mal pour tes recherches. Bravo ! Tu veux de l'aide ?

– Pas question ! Le nom que je déposerai, je le trouverai toute seule.

– Tu as raison, Salomé. Alors laisse encore mijoter la casserole…

Ma grand-mère a souvent des expressions bizarres. « Laisser mijoter la casserole », ça signifie laisser le cerveau tourner en lui faisant confiance.

Mais le week-end s'achève sans mijotage convaincant. Et si je n'avais rien à proposer finalement ? Et si la casserole était vide ?

Je confie mes appréhensions à Emma le lendemain matin tandis que nous nous pressons en direction du collège. Elle est arrivée en retard à notre rendez-vous habituel, place Eugénie-Bardin, parce qu'elle a voulu réviser encore une fois les feuilles roses du cours d'anglais. Mme Rimbaud nous a prévenus qu'on aurait un contrôle ce lundi.

– Tu vas trouver, j'en suis sûre. Ça sera comme une étincelle ! affirme-t-elle.

Nous arrivons. La boîte à noms, installée devant le bureau de M. Lecerf, semble me narguer.

– Madame Fourmain a signé mon bulletin, souffle Emma, mais je ne l'ai pas encore déposé. Je t'attends.

Elle est vraiment une amie géniale !

On commence par une heure de maths en petits groupes. M. Favrey nous autorise à nous lever et à nous déplacer. Capucine en profite pour circuler de table en table.

– Qu'est-ce qu'elle fait ? je chuchote.

– Sa campagne électorale pour l'élection des délégués, murmure Emma avec dépit. Elle cherche à convaincre les gens de voter pour elle.

– Elle m'a même proposé un rôle dans son spectacle de hip-hop en échange de ma voix, ajoute Théodore en levant les yeux au ciel. Vous m'imaginez, moi, en train de danser le hip-hop ?

– Pourquoi pas ? je rétorque. Après tout, tu pourrais créer la figure du dragon qui s'agite !

Il me dévisage et pouffe de rire.

– Tu ne veux toujours pas qu'on se présente, Salomé ? supplie Emma.

Je secoue la tête.

– N'oublie pas qu'on me considère comme une intello dans la classe. On n'a pas plus de chances qu'un nom de dragon pour le collège, j'ajoute en adressant un clin d'œil à Théodore.

Il acquiesce par un petit sourire compréhensif.

La journée s'achève avec le cours d'anglais. Mme Rimbaud semble de très mauvaise humeur, comme à chaque fois qu'elle a les quatrièmes 2 avant nous. Le moment n'est pas à l'arc-en-ciel, mais à l'orage.

– Dépêchez-vous de vous installer, et en silence. Si je vous entends parler, je mets un mot dans votre carnet !

– Cataprout ! Il n'y a plus de place dans le mien, chuchote Paul Monteneiro.

Les rires fusent. Théodore se mord les joues lui aussi.

Mme Rimbaud distribue le sujet du contrôle en se retournant à chaque rangée pour vérifier que personne ne communique avec son voisin. Puis, elle s'installe au bureau. Je commence à lire les énoncés. Bizarre... Je ne reconnais pas les leçons qu'on devait réviser. Et vu les regards étonnés qui s'échangent, je ne suis pas la seule.

Aïssata lève la main.

– Madame, je crois qu'il y a un problème.

– Quel problème ?

Aïssata secoue lentement la tête, perplexe.

– Un problème avec vos questions... On n'a pas appris ça.

Un silence pesant s'installe. Aïssata prend rarement la parole en classe. Au stade, elle brille par sa rapidité et son agilité. D'ailleurs, M. Damart la surnomme l'Antilope, en référence au Sénégal d'où sa famille est originaire. Mais en cours, elle est réservée. Son intervention est donc très surprenante. Un murmure d'approbation monte dans la salle pour la soutenir.

Mme Rimbaud fronce les sourcils.

– Comment cela, vous ne l'avez pas appris ?

– Il n'y a rien dans mon classeur.

– Voilà où ça te mène, de rêver, Aïssata... Tu ne copies pas bien les leçons.

– Je ne rêve pas, madame, je réfléchis. Vous pouvez vérifier sur le classeur de quelqu'un d'autre. Je crois que vous vous êtes trompée.

– Bravo, de mieux en mieux ! siffle Mme Rimbaud. Donne-moi ton carnet de correspondance ! Je vais en avoir, des choses à écrire...

– Mais madame !

Des larmes perlent au bout des longs cils d'Aïssata. Ses parents ne plaisantent pas avec les mots sur le comportement. Mais Mme Rimbaud ne plaisante pas non plus. Alors, quand nos protestations grondent, elle se met à crier :

– Ça suffit ! Si vous ne vous calmez pas tout de suite, la classe aura deux heures de colle.

L'émotion me soulève comme une grande vague. La vie imaginaire déferle dans la vie réelle. Une nouvelle Salomé envahit l'ancienne. Je me dresse devant ma table.

– Aïssata a raison, madame. Nous n'avons jamais vu cette leçon. Si vous voulez écrire un mot dans mon carnet, vous le pouvez !

Mme Rimbaud fixe le carnet que je lui tends, ouvre la bouche mais aucun son n'en sort. La classe est pétrifiée. Aïssata s'est arrêtée de pleurer, Paul me dévisage avec stupeur, Manelle est si effrayée qu'on croirait qu'elle va avaler sa main.

Et puis, devant moi, un dragon s'envole. Théodore s'est levé, son carnet à la main.

Emma l'imite aussitôt. Halim, qui récolte souvent des mots, repousse sa chaise. Tricia aussi. Bientôt, une dizaine d'élèves est debout, brandissant un carnet de correspondance.

Mme Rimbaud vacille. Je jubile. Félix a raison. L'action non violente est très efficace. Enfin, jusqu'à un certain point. M. Lecerf, le CPE, qui doit avoir un sixième sens pour ce genre d'incident (je pense que les CPE sont embauchés sur ce sixième sens), surgit dans la classe. Avec sa grosse voix, il nous passe un savon : non mais pour qui on se prend, qu'est-ce que c'est que ce comportement, ce n'est pas à nous de dire au professeur ce qu'il doit faire...

– Maintenant, tout le monde au travail ! conclut-il. Je confisque le carnet des agitateurs qui le proposent si gentiment. Ils viendront le récupérer dans mon bureau tout à l'heure.

Un petit air satisfait se répand sur le visage de Mme Rimbaud. Pendant que nous peinons sur son contrôle impossible, elle nous toise d'un regard qui signifie « Vous voyez, vous n'aurez pas le dernier mot avec moi. »

Comme je me débrouille très bien en anglais grâce à maman, je pourrais répondre à la plupart des questions. Mais je décide de ne rien écrire. Par solidarité.

Après le cours, nous attendons devant le bureau de M. Lecerf. Maintenant que l'excitation provoquée par le sentiment d'injustice est retombée, nous n'en menons pas large. Aïssata est convoquée, elle aussi. Elle est appelée la première. Avant d'entrer, elle nous regarde et déclare :

– Merci, Salomé. Ce que tu as fait, c'était hyper courageux. Je ne l'oublierai jamais. Et merci à vous tous ! J'espère que vous n'aurez pas d'ennuis à cause de moi.

Une surveillante arrive et nous interdit de communiquer entre nous.

C'est au tour d'Halim. Il ressort cinq minutes plus tard, secoué. Je crois qu'il s'est déjà trop fait remarquer. Le CPE appelle Théodore. Il reste plus longtemps. Lorsqu'il reparaît, je lis la détermination sur son visage mais impossible d'échanger avec lui. Emma lui succède. Elle quitte le bureau toute pâle, mais elle m'adresse un petit signe de la main. Je passe en dernier.

– Assieds-toi, Salomé, ordonne M. Lecerf. Alors, il paraît que c'est toi qui as eu l'idée de cette provocation ? Madame Rimbaud ne comprend pas. Tu es sa meilleure élève.

– Ce n'était pas de la provocation, mais de la protestation !

Et je lui raconte toute l'histoire, en semant des « ce n'est pas juste » un peu partout. Mes mains tremblent, pas ma voix. M. Lecerf écoute en se caressant le menton. Il semble ennuyé. Il finit par me rendre mon carnet sans rien écrire dessus.

– Je passe l'éponge, mais que ce soit la dernière fois ! Je veux que tu présentes des excuses à ta professeure.

– Des excuses ? C'est plutôt à madame Rimbaud d'en présenter à Aïssata. Elle s'est acharnée contre elle !

– Calme-toi ! Madame Rimbaud est un peu surmenée en ce moment mais elle est capable de juger comment agir avec ta camarade pour régler cet incident. Je te parle de la relation entre elle et toi. Alors présente-lui des excuses, insiste-t-il.

Je lâche un grognement en guise de réponse et je sors de son bureau. Les brandisseurs de carnets m'attendent dans le hall. Emma et Théodore se dirigent vers moi ; Aïssata les devance.

– Alors ? Il t'a punie ?

– Non. Je dois juste m'excuser auprès de la prof. Et vous ?

– Pareil, répond Théodore en secouant la tête. Monsieur Lecerf a dit qu'il nous avait à l'œil, c'est pour nous impressionner.

– Pas si sûr, rétorque Halim. Les quatrièmes 2 racontent que cette prof est folle, ajoute-t-il en se frappant le crâne avec son index. Tu vas t'excuser, Salomé ?

– Je ne sais pas encore.

Malgré le mille-pattes qui sautille dans mon estomac, je me sens super fière. J'ai l'impression que la classe ne me voit plus comme avant. Mamilu a raison. La nouvelle Salomé est arrivée.

– J'espère qu'à cause de vous, on n'aura pas d'ennuis, lance soudain une voix acide.

Je me retourne. Capucine, son sac sur l'épaule, vient de surgir, escortée par Raphaël. Visiblement, elle nous a écoutés. Elle me foudroie du regard.

– Si la prof saque la classe, on saura pourquoi, laisse-t-elle tomber. Et à cause de qui. Bien sûr, toi, tu t'en fiches, Salomé ! Tu as toujours les meilleures notes en anglais. Ta moyenne ne baissera pas.

Je la regarde s'éloigner, stupéfaite. Elle est vraiment odieuse.

– On se fiche de ce qu'elle raconte, murmure Théodore. Il fallait protester ! Tu as eu raison, Salomé.

Au dîner, quand je raconte la scène, papa explose.

– Je vais aller voir ta professeure, c'est incroyable !

– Bruno, ne t'emballe pas, plaide maman.

Félix, les yeux rivés sur son portable, déclare :

– Je me tue à vous répéter que certains profs sont injustes ! Si j'ai un conseil à vous donner, laissez tomber. Sinon, Salomé n'aura que des ennuis avec cette prof.

– Mais Salomé est excellente en anglais ! proteste papa.

– Moi, ce que je vous dis…

– Félix, est-ce que tu pourrais lâcher ton téléphone lorsque nous sommes à table ? Ce n'est pas très agréable.

– Maman, j'attends des nouvelles importantes !

– Des nouvelles importantes ou des nouvelles de quelqu'un d'important ? rétorque-t-elle, amusée.

Elle échange un clin d'œil avec papa. Félix pique un fard et plonge le nez dans son assiette.

Le repas se termine tranquillement. Maman réussit à convaincre papa de ne pas prendre rendez-vous avec Mme Rimbaud et de laisser passer l'orage. Je suis trop heureuse. C'est drôle, la vie ! Parfois, on voit tout en noir, on pense n'avoir que des problèmes et ça s'arrange d'un coup. Pour moi, cette journée a été extraordinaire. Je peux bien me forcer pour écrire des excuses à Mme Rimbaud. Après tout, c'est elle qui doit se sentir mal ce soir…

Je prends mon cahier de brouillon. La lettre au juge me fait sourire. Mauvais souvenir. Je tourne la page.

Madame Rimbaud,

Je vous présente mes excuses pour l'incident d'aujourd'hui. Je ne voulais pas vous mettre mal à l'aise mais vous avez vraiment abusé avec Aïssata qui fait toujours son travail. Ses parents sont très sévères, alors, écrire un mot dans son carnet, c'était lui causer des problèmes. Vu que les autres n'osaient pas protester, je me suis levée. J'ai voulu faire comme Martin Luther King ou Gandhi, même si Gandhi, lui, s'asseyait.

Je vous promets que cela ne se reproduira plus si, de votre côté, vous vérifiez bien les devoirs que vous nous donnez pour éviter de vous tromper dans vos contrôles.

Je vous prie, madame Rimbaud, de bien vouloir agréer l'expression de ma considération distinguée.

Salomé Lortal

P.S. : Peut-être que les feuilles de toutes les couleurs ne sont pas un très bon système ?

J'ai repris la formule de super politesse destinée au juge. Autant qu'elle serve ! Demain, je déposerai le mot dans le casier de Mme Rimbaud.

Après avoir recopié ma lettre, je descends dire bonsoir aux parents. En passant devant la chambre de Félix, je l'entends parler. Il doit être au téléphone avec « quelqu'un d'important dont il attendait des nouvelles importantes ». Ses intonations sont toutes douces. Le sourire aux lèvres, je m'engage dans l'escalier. Depuis le salon, la voix de papa me parvient :

– Alors c'est sûr, tu t'en vas avec Yann ?

Et celle de maman :

– Je sais que c'est brutal. Tu pourras t'organiser, entre ton boulot et les enfants ?

Je me fige sur une marche.

– On en a déjà parlé, Flo. J'y arriverai. Et puis ma mère va m'aider. Ce déménagement, c'était aussi pour nous rapprocher d'elle, au cas où tu partirais. Nous y voilà.

Comment ? Maman va vraiment partir ? C'est qui, ce Yann ? Ma respiration se bloque. Mes oreilles bourdonnent. La voix de papa est comme déformée.

– Maintenant que c'est décidé, il faut annoncer très vite la nouvelle aux enfants.

– Je me demande comment ils réagiront, dit maman.

– Ce ne sont plus des bébés. Ils s'adapteront.

Je dévale les marches, je me plante devant mes parents assis sur le canapé et je hurle :

– Non, non et non ! Vous êtes nuls ! Je vous déteste !

Ils me contemplent avec stupeur.

– Calme-toi, ma puce, bredouille maman.

Je continue de crier. Du haut de l'escalier, Félix lance :

– Qu'est-ce qui se passe ? C'est quoi, ce boucan ?

– Il se passe que les parents divorcent ! Maman s'en va !

En deux secondes, mon frère nous a rejoints, livide.

– C'est quoi, ce délire ? C'est vrai ?

– Oui, j'ai tout entendu.

Et j'éclate en sanglots.

Félix se ratatine et perd à l'instant deux centimètres. Maman se précipite vers nous, bras tendus, bouche ouverte, mais je n'entends pas ce qu'elle dit. Tout se brouille dans ma tête. Je suis aspirée dans un affreux tourbillon.

Et soudain, la voix de papa retentit, une voix forte, ferme comme une main tendue qui m'empêche d'être engloutie.

– Tout le monde se calme !

SE SERRER LES COUDES

– C’est pour son travail que ta mère s’en va ? Les trémas n’avaient rien compris !

– Moi non plus. Quel malentendu… je renchéris. Si tu savais comme je suis soulagée !

J’ai retrouvé Emma de bonne heure ce matin pour lui détailler les événements de la veille. Impossible de les faire tenir tous dans le SMS que je lui ai envoyé hier pour lui annoncer que mes parents n’allaient pas se séparer. Même le chemin du collège risque d’être trop court.

– Mon père a crié « Tout le monde se calme ! » et maman, au bord des larmes, a ajouté : « Mais on ne va pas divorcer ! ». C’est comme si Félix et moi avions été changés en pierres, je raconte.

– Stupéfix ! lance Emma en agitant une baguette magique imaginaire.

– Ensuite, ils nous ont expliqué que maman venait de saisir une opportunité incroyable d'accompagner son collègue Yann pour une mission au Japon. Une conférence internationale d'experts se tient à Tokyo. Ils cherchent à déterminer si les inondations qui se sont produites cet été là-bas sont la conséquence du réchauffement climatique. Ils ont besoin d'interprètes.

– Waouh ! Elle est trop douée, ta mère, si elle peut traduire des choses comme cela.

– Oui, on est tous très fiers d'elle.

– Elle part bientôt ?

Les battements de mon cœur s'accélèrent.

– Le 13 octobre. Dans un peu plus d'une semaine.

Une fois au collège, je glisse mon mot d'excuses dans le casier de Mme Rimbaud. Ensuite, direction la piscine Léo-Lagrange pour la première séance. Entre ce qui s'est passé la veille en cours d'anglais et l'élection des délégués cet après-midi, les discussions sont animées. Raphaël et Capucine semblent comploter et se retournent parfois vers moi.

– Je me demande ce qu'ils mijotent, murmure Théodore qui marche avec nous.

– Ils doivent avoir peur que Salomé se présente, répond Emma. Avec ce qu'elle a fait hier, elle pourrait être élue. Tu ne veux toujours pas être…

– Non ! je l'interromps en riant.

La séance de natation se déroule mieux que ce que je pensais. Grâce à l'entraînement de Florine, mes appréhensions s'envolent. M. Damart m'encourage même et déclare que je me débrouille bien. Il progresse, question remarques. Tricia éblouit la classe avec une démonstration de crawl qui laisse les garçons stupéfaits.

Capucine se tient à l'écart, comme si elle voulait se faire oublier. Elle a l'air moins à l'aise dans l'eau que dans son atelier de danse urbaine...

– Vous savez pourquoi Théodore n'a pas de dragons sur son maillot ? lance Raphaël, hilare. Pour que les flammes ne s'éteignent pas.

Théodore prend une grande inspiration, disparaît au fond de la piscine et rejaillit à la surface en crachant un jet d'eau sur lui.

– Tu oublies que les dragons aquatiques existent !

Nous hurlons de rire devant la tête déconfite de Raphaël.

– Il est trop cool, Théodore, murmure Emma pendant que nous nous rhabillons dans les vestiaires.

Je lui jette un regard amusé. Comme si elle lisait dans mes pensées, elle esquisse un geste qui signifie « Ne va pas t'imaginer des trucs ! ».

En début d'après-midi, Mme Fourmain nous accueille, le brigadier en main. La mine solennelle, elle frappe les trois coups et annonce d'une voix forte :

– Nous allons procéder à l'élection des délégués. J'invite les candidats à venir au bureau pour exposer rapidement leur programme.

– Tu es sûre, tu ne veux pas qu'on se présente ? chuchote Emma.

– Archi-sûre, je souffle. N'insiste pas !

Capucine est la première à prendre la parole. Elle se comporte comme si elle enregistrait une vidéo pour YouTube. Elle s'est même mis du gloss.

– Bonjour à tous, je me nomme Capucine (comme si on ne le savait pas). Je me présente avec Chloé, qui sera ma suppléante. J'ai à cœur de tous vous défendre et de favoriser un climat de bonne entente entre nous (ben voyons) et les professeurs. Si vous votez pour moi, je proposerai des spectacles de hip-hop. Ceux d'entre vous qui participent à l'atelier danse urbaine savent que je suis douée pour monter des numéros (et faire son numéro). Merci d'avance à tous !

Et elle s'incline, comme au théâtre. Des applaudissements retentissent. Raphaël se lève ensuite. Il explique qu'Halim est son suppléant, qu'avec eux on sera sûrs d'être bien défendus au conseil de classe (ce qui déclenche un petit sourire chez Mme Fourmain).

– Je demanderai aussi qu'on organise des tournois de foot au printemps et qu'on crée un club de futsal pour ceux qui veulent jouer au gymnase quand il fait mauvais, conclut-il. Avec Raphaël, la vie sera plus belle.

Il pose en formant un V avec ses doigts, comme s'il y avait une armée de photographes dans la salle. Des acclamations fusent, en particulier chez les garçons. Théodore, totalement indifférent à ce discours, dessine deux dragons qui couvent des œufs en forme de ballons de foot.

– D'autres candidats ? lance Mme Fourmain.

Ses yeux balaient la salle. Je résiste à l'appel silencieux mais pressant d'Emma. Aïssata et Tricia lèvent alors timidement la main. Aïssata s'éclaircit la voix, un peu émue.

– Avec Tricia, on souhaite aider les élèves qui ont des difficultés scolaires ou des problèmes personnels. On promet de les écouter en restant discrètes. J'aimerais aussi que tout le monde s'entende bien dans la classe. Pour améliorer la vie au collège, je propose qu'on se réunisse régulièrement pour discuter des menus de la cantine ou du PQ qui manque aux toilettes.

Tout le monde éclate de rire au mot PQ. Mme Fourmain, qui ne manque jamais une occasion d'enrichir notre vocabulaire, explique qu'il faut dire « papier toilette » ou « papier hygiénique ». Mais bon, à propos de papier, le moment est venu d'en sortir un pour inscrire les noms des deux délégués que nous choisirons.

– J'ai besoin de deux personnes pour dépouiller les bulletins, dit la professeure.

Comme Raphaël lève aussitôt la main, elle précise que dans n'importe quelle élection, les candidats n'ont pas le droit de participer au dépouillement pour éviter toute tentation de tricherie.

– Moi, je veux bien.

Théodore vient de se désigner. Mme Fourmain l'invite à venir au bureau et sollicite également Manelle. Rassurée sur le fait qu'elle n'aura pas à parler, celle-ci finit par accepter.

Théodore compte les papiers puis commence à les lire un par un tandis que Manelle trace des bâtons en face des noms des candidats. Sur le tableau, Raphaël talonne Capucine. Aïssata est distancée.

Soudain, Théodore se trouble.

– L'intello, déchiffre-t-il, l'air contrarié.

Capucine et Raphaël gloussent. Je sens les regards converger vers moi et mon visage devient brûlant. Mme Fourmain fronce les sourcils, s'approche et saisit le bulletin.

– J'ignore qui a écrit cela, mais ce n'est pas un intellectuel, ironise-t-elle. Écrire intello avec un seul L, c'est honteux. Vous savez que les intellectuels sont comme des lumières dans un pays ? Que leur réflexion est indispensable pour échapper à l'ignorance et à la bêtise ? Voilà un bulletin nul dans tous les sens du terme.

Silence gêné dans la classe. Tricia secoue la tête en signe de désapprobation. Le dépouillement reprend. Les noms s'égrènent. Capucine, Capucine, Raphaël, Aïssata, Salomé. Salomé ?

Je sursaute en entendant mon nom. Théodore s'absorbe dans la contemplation des papiers sur le bureau. Mme Fourmain contrôle à nouveau le bulletin, les lèvres pincées.

– Aurais-je oublié de préciser qu'on ne vote pas pour quelqu'un qui ne se présente pas ?

La classe m'observe. Manelle se tortille devant le tableau, la main sur la bouche. Le décompte des voix se poursuit. Au deuxième « Salomé », Théodore a du mal à cacher son étonnement. Au sixième bulletin à mon nom, il semble jubiler. Mme Fourmain est furieuse. Moi, j'aimerais être invisible.

– Je n'apprécie pas cette mauvaise plaisanterie. Il faut organiser un second tour puisque aucun candidat n'obtient la majorité absolue. Ne recommencez pas. Sinon, j'en informerai la Principale.

On procède au nouveau vote. Un quart d'heure plus tard, juste avant la sonnerie, Capucine et Raphaël sont élus. Avant de rejoindre sa place, Théodore dessine au tableau un dragon qui crache furieusement sa flamme sur les résultats.

– On aurait dû se présenter, se lamente Emma à la récréation. Tu as obtenu six voix sans rien faire. Avec une campagne, on aurait gagné !

– Sept en comptant le bulletin « intello », je rectifie d'une voix sombre.

– Celui-là, c'était une blague de crétin. Mais les autres étaient sûrement sincères. Ton attitude en anglais était trop impressionnante.

– Je me demande qui a voté pour moi.

Elle hausse les épaules.

– On était plusieurs à ne pas vouloir de Capucine ni de Raphaël, tu sais.

Je la dévisage, incrédule.

– Ne me dis pas que tu as...

– Non, j'ai voté pour Aïssata. Je trouve important d'avoir du PQ aux toilettes.

J'éclate de rire.

– Moi aussi. Je veux dire, moi aussi j'ai voté pour Aïssata.

– Regarde, elle vient vers nous !

En effet, Aïssata, Tricia et leurs copines traversent la cour, ignorant fièrement Capucine qui arbore une attitude triomphale au milieu de son fan-club.

– Hé, les filles, on a voté pour vous, je lance. On a apprécié votre discours et votre programme !

Aïssata sourit.

– Merci. Mais ça n'a pas suffi. Maintenant, on va devoir supporter Raphaël et Capucine. Raphaël ne s'occupera que des garçons, il suffit de l'entendre parler des filles pour comprendre qu'elles ne comptent pas beaucoup à ses yeux.

– Et Capucine ne se souciera que de ceux qui l'admirent, enchaîne Tricia, amère. Si on ne réagit pas, ce sera l'enfer !

Aïssata me dévisage.

– Je te propose qu'à l'avenir, on unisse nos forces. Moi je trouve super d'avoir une intello dans son clan.

– Une intellectuelle, corrige Tricia en détachant les syllabes avec élégance.

Je les regarde, émue, et j'acquiesce.

– D'accord !

– Entre nous, pas d'ennuis, unies contre l'ennemi ! Ça vous convient comme devise ? lance Emma avec enthousiasme.

– Trop ! nous répondons en chœur.

Nous checkons. Le pacte d'alliance est scellé.

AVOIR PLUS D'UNE CORDE À SON ARC

Le temps file. Maman s'envole pour le Japon dans trois jours. Déjà ! Nous avons organisé plusieurs soirées familiales et aujourd'hui mercredi, elle m'a proposé de passer l'après-midi rien que toutes les deux, pour une séance shopping entre filles. Cap sur Magazinzin, une galerie marchande près du collège.

Entre deux visites de boutiques, nous nous installons chez *Edmond le Breton* pour bavarder. Là, devant une délicieuse crêpe chocolat banane, elle me redit à quel point elle est désolée que je me sois fait de mauvais films.

– Tu as beaucoup d'imagination, Salomé, mais tu dois apprendre à ne pas te laisser submerger par tes idées. Surtout si elles sont angoissantes.

– Comment je peux faire ?

– Observe-les comme si elles étaient sous un microscope. Tu trouveras certainement un indice qui te prouvera si elles sont justes ou fausses.

J'essaie de me représenter un microscope à idées. Ce n'est pas très facile.

– Et surtout, ajoute-t-elle, n'hésite pas à confier tes inquiétudes au lieu de les garder pour toi. C'est le plus important. Prête pour continuer le shopping ?

Nous découvrons la boutique Vache. On n'y trouve que des produits en forme de vache : des peluches, des figurines, des assiettes, des bols, des meuuuhgs, des tee-shirts à message comme *Je suis vachement sympa* ou bien *Je suis une peau de vache.*

– Ce serait le cadeau idéal pour Capucine, je murmure.

– La fille qui a été élue déléguée ? demande maman.

– Et qui se vante sans cesse, et qui m'a accusée de tricher en histoire… Je suis sûre que c'est elle qui a répandu ce surnom d'intello. Elle se prend pour la cheffe, c'est insupportable. Et le pire, c'est que les gens l'écoutent.

– Pourtant tu as remporté quelques voix sans même te présenter à cette élection. Cela signifie que tu es appréciée et que certains de tes camarades t'estiment capable de régler des problèmes. Tu es une sorte de déléguée de cœur. Je suis très fière de toi, Salomé.

D'un seul coup, j'ai envie de pleurer. De joie et aussi de tristesse. Maman va beaucoup me manquer quand elle sera au Japon. Elle doit s'apercevoir de mon trouble car elle m'entraîne dans un autre magasin.

– Viens, il faut trouver une nouvelle tenue pour la nouvelle Salomé !

Nous finissons notre tournée des boutiques. Elle m'offre un jean et un pull noir orné d'un diable rouge qui cligne de l'œil et tire la langue. Je le porterai demain pour clouer le bec à Capucine.

Au retour, maman m'invite dans son bureau.

– J'ai encore quelque chose pour toi, ma puce.

Elle sort d'un placard une mallette et la pose sur sa table de travail.

– Qu'est-ce que c'est ?

– Un bidule.

– Un bidule ?

– Oui, c'est le nom qu'on donne à la valise des interprètes. Regarde.

Elle soulève le couvercle. Waouh ! À l'intérieur, je découvre des casques bien rangés dans leur étui de mousse et un micro.

– C'est avec ce bidule que j'ai commencé ma carrière d'interprète avant d'être traductrice. Je t'en fais cadeau.

– Oh, merci !

– Et voici autre chose.

Elle sort un boîtier d'un tiroir.

– C'est un dictaphone, un appareil qui permet d'enregistrer ses pensées pour les trier. Comme cela, au lieu de laisser grossir tes idées, tu ne les laisseras pas déborder, ajoute-t-elle avec un clin d'œil.

En imaginant la grosse araignée velue du divorce enfermée dans cette petite boîte, j'éclate de rire.

– Et puis, quand je ne serai pas à la maison tu pourras m'enregistrer des chroniques. Tu me parleras de Bruno, de Félix, du collège. Qu'est-ce que tu en dis ? Tu veux bien être ma reporter de cœur personnelle ?

C'est une super idée. Je m'y vois déjà.

« Ici Salomé, reporter de cœur. Nous nous retrouvons pour notre série : Bruno Lortal, un père modèle. Aujourd'hui, les maths avec Félix. »

Je me jette à son cou pour l'embrasser.

– Merci maman, c'est trop génial !

En fin d'après-midi, je reçois un SMS de Mamilu :

J'ai une surprise pour toi à la maison. Tu viens ?

Très excitée, j'enfile mon pull diable pour le lui montrer et je fonce chez elle. Selon le code convenu, je frappe deux coups et je pousse la porte. Dans la cuisine flotte un parfum de chocolat et de cannelle. Et devant la cuisinière s'affaire…

– Théodore ? Qu'est-ce que tu fais là ? je m'exclame, stupéfaite.

– Une sauce pour napper la génoise, dit-il le plus naturellement du monde en remuant le contenu d'une casserole. Et si on ajoutait un peu de gingembre ? suggère-t-il en s'adressant à ma grand-mère.

Cette dernière goûte et acquiesce. Devant ma mine ahurie, elle explique :

– Théodore a oublié ses clés et il n'y a personne chez lui en ce moment. En rentrant d'une course, je l'ai vu dans la rue. Alors je l'héberge temporairement. C'est l'avantage d'être voisins.

– Ta grand-mère me parlait de son futur blog de pâtisserie. C'est un projet génial !

Euh… On est sûrement dans la vie imaginaire, là !

– Tu t'intéresses aux gâteaux ? je demande, incrédule.

– Théodore connaît des tas de recettes !

– Garde ça pour toi, Salomé, murmure-t-il en me lançant un regard suppliant.

– Je ne vois pas ce qu'il y a de honteux, proteste Mamilu. Qui veut une part ?

Même si j'ai déjà avalé une crêpe au chocolat avec maman, je ne refuse pas. La sauce de Théodore est délicieuse ! En goûtant, on explique à ma grand-mère qu'au collège, certains élèves trouvent très amusant de se moquer de ceux qui sortent de la norme. Un garçon qui s'intéresse à la pâtisserie et qui n'aime pas le foot, c'est hors norme XXL. Donc, une cible de choix.

– Il faut leur couper le sifflet, aux moqueurs ! riposte Mamilu. Si tu apportes tes gâteaux à l'école, je suis certaine que tu deviendras le garçon le plus populaire de la classe.

Je souris en imaginant la mine gourmande de Raphaël et des autres. Ils auraient la bouche trop pleine pour lancer de mauvaises blagues.

– Je croyais que ta passion, c'était le dessin, je m'étonne. La prof d'arts plastiques n'arrête pas de te complimenter.

Théodore rougit.

– Je sais. Elle insiste pour que je lui montre toutes mes productions.

– Tu vas le faire ?

Il hausse les épaules, embarrassé.

– Je ne sais pas.

– N'hésite pas ! conseille Mamilu. Dans la vie, c'est une chance d'avoir plusieurs cordes à son arc. Cultiver tous ses talents, voilà la vraie richesse. Moi, par exemple, en plus des gâteaux et du blog, je crée des collections de bricolages.

– Montre à Théodore tes tableaux-proverbes, Mamilu !

Elle nous entraîne dans une petite pièce qu'elle appelle son atelier.

– Pour l'instant, je n'en ai que deux. Voici *Le temps, c'est de l'argent*.

Elle désigne un cadran de pendule fixé sur une plaque recouverte de billets de Monopoly®. Ma grand-mère est très douée pour trouver des titres. J'aimerais bien avoir sa facilité pour le nom du collège.

– … Et *Il ne faut pas jeter l'argent par les fenêtres*.

– Super original ! s'exclame Théodore en contemplant le tableau qui représente une fenêtre fermée sur laquelle elle a collé des pièces de un centime. Mon père adorerait ça pour décorer sa boutique.

– Il fait quoi, ton père ? je demande.

J'imagine qu'il vend des motos ou qu'il les répare.

– Il est tatoueur.

C'est un métier encore plus original que client mystère !

– C'est lui qui a réalisé le dernier tatouage de monsieur Favrey, précise-t-il dans un sourire.

– Qu'est-ce que c'est ? Une formule de maths ?

– Aucune idée. Mon père respecte le secret professionnel.

– Comme le mien avec ses patients… Il est orthophoniste. Ma mère est interprète.

– Oui, ta grand-mère me l'a dit. Il paraît qu'elle va bientôt au Japon pour son métier ? La chance ! Il y a des légendes incroyables sur les dragons là-bas. La mienne va bientôt rentrer de Suisse. Elle a promis de me rapporter le meilleur chocolat du monde, ajoute-t-il en se pourléchant les lèvres. C'est bien, les mères qui voyagent pour leur travail !

Quand il se lève pour partir, Mamilu l'embrasse.

– Reviens quand tu veux, Théodore. On parlera pâtisserie et bricolage.

– Merci, madame.

Je le raccompagne devant chez lui.

– À demain !

– À demain, Salomé. Au fait, très stylé, ton pull, dit-il en levant le pouce. Il a du caractère. Je ne regrette pas d'avoir voté pour toi !

Je reste clouée sur place.

Le soir, dans ma chambre, je prends le dictaphone de maman.

– Message à moi-même : malgré ma surprise, je ne me suis pas sentie gênée de trouver Théodore chez Mamilu et de discuter avec lui. Il m'a confié des choses personnelles, presque des secrets. Et il a voté pour moi ! Est-ce qu'il pourrait être un ami comme Emma, mais en garçon ? C'est une idée que je vais observer avec attention.

Biscotte lève son museau vers moi. Elle semble attendre la réponse. Je réécoute plusieurs fois mon message. J'ai du mal à reconnaître ma voix.

Normal : c'est la voix de la nouvelle Salomé à qui il arrive des tas de nouvelles choses !

Tisser des liens

– Tu en as pour longtemps, ma puce ?

– Je finis mes recherches, papa.

– C'est pour un devoir ?

– Un devoir d'anglais, oui.

Ce n'est pas vraiment un devoir, mais une « suggestion » de Mme Rimbaud. Car aujourd'hui, il s'est passé quelque chose d'incroyable avec elle.

Retour en arrière jusqu'à ce matin, 10 heures.

La sonnerie vient de retentir, annonçant la fin du cours d'anglais.

– Salomé, ne t'en va pas, j'ai besoin de te parler, lance la prof.

Depuis l'incident des carnets, son attitude a changé. Elle n'a pas compté le contrôle catastrophe dans la moyenne, elle se montre très gentille avec Aïssata et elle ne m'interroge plus aussi souvent. Mais elle a conservé son système de feuilles de couleurs.

Emma et Théodore quittent la salle en m'adressant un signe d'encouragement. Je m'approche du bureau.

– J'ai bien trouvé ton mot d'excuse dans mon casier, Salomé.

J'avale ma salive. J'étais certaine qu'elle voulait me parler de cela. Et quelque chose me dit qu'elle n'est pas contente. D'ailleurs…

– Je ne sais pas si on peut vraiment parler de mot d'excuse, poursuit-elle d'un ton pincé, mais l'essentiel n'est pas là. Je suis très étonnée, Salomé, oui, très étonnée que tu mentionnes Gandhi et Martin Luther King dans ta lettre. C'est rare à ton âge de connaître ces deux personnalités.

Je lui explique que Gandhi est l'idole de mon frère, que ma cousine a étudié un discours de Martin Luther King au lycée et que nous en avons discuté.

– Si Martin Luther King avait été une femme, j'ajoute, c'est son nom que je proposerais pour le collège.

Mme Rimbaud fronce les sourcils.

– Comment cela, si Martin Luther King avait été une femme ?

Je lui dis pourquoi j'aimerais que le collège porte un nom de femme. De préférence une femme ordinaire, qui a lutté contre des injustices.

– J’ai fait des recherches, j’ai des idées, mais pas encore l’idée idéale, je conclus. Et d’ici demain soir, il y a peu de chances pour que j’atteigne mon but.

Mme Rimbaud hoche la tête pensivement.

– Tu connais la vie de Martin Luther King ?

Comme prise en faute, je balbutie que non.

– Puisque dans ta lettre, tu me donnes des conseils, je vais t’en donner un, moi aussi. Tu en feras ce que tu voudras. Lis sa biographie. Il est possible que tu y trouves ce que tu cherches. Si c’est le cas, passe me voir demain matin en salle des professeurs. Je parrainerai ta proposition. Tu peux rejoindre les autres maintenant.

Je quitte la salle en état de choc. Si Emma ou Aïssata voyaient ma tête, elles penseraient sûrement que je suis collée pour toute l’année. Mon esprit est rempli d’interrogations. Est-ce que j’ai rêvé cette discussion avec Mme Rimbaud ? Est-ce qu’elle m’a vraiment donné un conseil après l’incident des carnets ? Félix ne m’a jamais dit que les profs pouvaient apporter aux élèves une aide autre que scolaire. En même temps, Félix et les profs…

Les autres sont déjà en train d’écrire quand j’arrive en cours de français. Mme Fourmain soupire.

– Dépêche-toi, Salomé ! Tu es en retard.

Je file m’asseoir près d’Emma, ignorant le regard curieux de Capucine.

– J'étais en train de rappeler que vous n'avez plus que jusqu'à demain soir pour proposer vos noms.

Sa phrase sonne comme un reproche lorsque ses yeux se posent sur moi.

Pendant la pause du déjeuner, le clan des brandisseurs de carnets m'assaille de questions sur ce que Mme Rimbaud me voulait. Aïssata a peur que j'aie récolté une punition supplémentaire. Manelle reste muette mais ne perd pas une miette de la conversation. Je demeure évasive et je raconte juste qu'elle a accepté mes excuses. Il n'y a qu'à Emma que je dévoile tout.

– Vite, il faut t'y mettre ! s'exclame-t-elle. Tu n'as plus beaucoup de temps.

Manque de chance, le CDI est fermé. Impossible de consulter une encyclopédie ou Internet pour découvrir la vie de Martin Luther King.

– Il me reste encore ce soir.

– Et si tu ne trouves pas ?

Je réfléchis. Depuis la rentrée, j'ai affronté la piscine, l'araignée velue du faux divorce de mes parents, Mme Rimbaud… et je m'en suis sortie.

– Si, je trouverai. Quitte à passer une nuit blanche.

– Je t'aurais bien aidée, mais en ce moment, Internet est en panne chez nous.

Je glisse mon bras sous le sien.

– Merci ! Tu es une vraie amie. Seulement il faut que je me débrouille seule.

Soudain, Emma se dégage et bondit sur ses pieds.

– Regarde !

Elle désigne du menton Capucine qui parle avec Théodore. Ce dernier secoue la tête, hausse les épaules. Capucine semble insister. Théodore garde un visage buté.

– Qu'est-ce qu'elle lui veut ? gronde Emma.

– Aucune idée. Va lui demander !

– À Capucine ?

– Non, à Théodore.

– Là, maintenant ? Non, ça se fait trop pas ! murmure-t-elle, embarrassée.

– On n'a qu'à s'arranger pour rentrer avec lui ce soir et tu lui poseras la question.

Emma lève les yeux au ciel.

– Je dois aller chercher les trémas à l'école. Panne de baby-sitter.

Je lui souris.

– J'ai compris. J'essaierai de me renseigner et je te raconterai.

– T'es trop gentille, Salomé, soupire Emma. Je t'adore trop.

Quand nous quittons le collège, Emma me souhaite bon courage pour mes deux missions.

La première est assez facile. L'air de rien, j'attends que Théodore ait fini sa discussion avec Halim et Raphaël. Quand il s'éloigne enfin, je le rattrape et nous faisons la route ensemble.

– De quoi elle te parlait, Capucine, à la récré ? Vous n'aviez pas l'air d'accord.

Théodore me jette un regard interrogatif qui signifie « Ah bon, tu as remarqué ? » et soupire.

– Elle me demandait un service pour sa cousine.

– J'ai du mal à imaginer Capucine demander un service à qui que ce soit. Et d'où elle sort, cette cousine ?

– Elle est au lycée. Elle voudrait un tatouage et Capucine insistait pour savoir si mon père pouvait lui faire un prix d'ami.

– Qu'est-ce que tu lui as répondu ?

– Que mon père réservait les prix d'ami à ses amis.

– Bien fait pour elle.

Emma va sauter de joie, je pense en moi-même.

Après un long silence, Théodore me regarde et déclare timidement :

– J'ai réfléchi à ce que vous m'avez dit, ta grand-mère et toi. Demain, j'apporterai mes dessins à madame Cirella. Si je ne change pas d'avis pendant la nuit.

– Bravo ! Si tu veux, on n'a qu'à se retrouver avec Emma pour aller au collège ensemble. Comme ça, tu seras obligé de tenir parole. Sinon on te forcera à aller les chercher.

Théodore sourit.

– Message bien reçu !

– Alors rendez-vous à huit heures moins vingt sur la place Eugénie-Bardin.

Comme il ouvre des yeux étonnés, je précise :

– La place devant la boulangerie. On l'a rebaptisée. Si tout va bien, moi aussi j'aurai quelque chose.

Et je lui raconte en détail l'entretien incroyable avec Mme Rimbaud.

– J'espère que tu trouveras le bon nom, réplique Théodore. Parce que, d'après Manelle, Capucine aussi va déposer une proposition.

– Je croyais que ça ne l'intéressait pas ?!

– Elle a dû changer d'avis. On la supporte déjà comme déléguée, j'espère qu'on ne récoltera pas un nom pourri à cause d'elle, ajoute-t-il.

Fin du retour en arrière. Gros plan sur mon salon. Je suis devant l'ordinateur. La voix de papa me fait sursauter :

– Ce devoir d'anglais, ce n'est pas une punition au moins ?

Mon père n'a toujours pas digéré l'incident avec Mme Rimbaud. Il a accepté de ne pas prendre de rendez-vous avec elle, mais il reste sur ses gardes.

– Oh non, pas du tout ! Les choses se sont arrangées entre elle et moi. Elle me donne même des conseils pour progresser.

Et c'est la vérité !

Félix est en train de se confectionner un casse-croûte avant le dîner. Je lui lance :

– Tu savais que Martin Luther King était un pacifiste comme Gandhi et qu'ils s'étaient rencontrés ?

La bouche pleine, mon frère répond :

– Évidemment que je le savais ! Tu me prends pour qui ?

Papa lance à son tour :

– Et tu savais que Gandhi utilisait le jeûne comme moyen ultime de protestation et d'opposition ?

Silence gêné. J'entends la porte du frigo se refermer. Jamais Félix n'envisagerait une grève de la faim. Ce serait au-dessus de ses forces.

Voilà, j'ai fini ! Le nez collé sur l'écran, le souffle coupé, j'ai fait défiler jusqu'au bout la vie de Martin Luther King. Quelle existence ! J'ai regardé des vidéos et j'ai vu un extrait de son discours *I have a dream* dont Florine m'a parlé à la piscine. Comme il était doué pour transporter les gens et leur donner de l'espoir ! Quand j'ai découvert qu'il avait été assassiné par un Blanc à Memphis, j'ai pleuré. Je comprends qu'on ait créé un jour férié aux États-Unis, le Martin Luther King Day, pour commémorer le jour de sa naissance.

Mme Rimbaud a été de bon conseil. Dans la vie de ce pasteur noir américain, j'ai trouvé le nom d'une femme écrit en bleu. Ça s'appelle un lien. J'ai cliqué dessus, une fenêtre s'est ouverte. Et dans cette fenêtre, comme sous un arc-en-ciel, j'ai vu celle que je cherchais.

Le soir, dans ma chambre, pendant que Biscotte se dégourdit les pattes, je saisis mon dictaphone.

« Ici ta reporter de cœur, maman. J'ai enfin l'idée idéale, le nom de la femme qui dit non. De justesse ! Ça a été un long, long chemin. Tu as bien fait de m'encourager pour la natation. S'il n'y avait pas eu la piscine, il n'y aurait pas eu Florine, donc ni Martin Luther King, ni madame Rimbaud. Pour atteindre son but, il faut beaucoup de petites étapes. Tu as raison. Peu importe de ne pas y arriver du premier coup ! Je sais que tu es arrivée au Japon. J'espère que ton hôtel à Tokyo te plaît et que tout se passera bien pour ton travail. Je t'aime très fort, maman. Tu me manques beaucoup. »

– Message à moi-même : après le test du microscope à idées, je pense que Théodore et moi, on est amis. Sinon, il ne m'aurait rien dit au sujet de ses dessins et je ne lui aurais rien dit au sujet de madame Rimbaud.

AVOIR DE L'ESPRIT

– Prêts ?

– Prêts !

Nous sommes pile à l'heure sur la place Eugénie-Bardin. Théodore a un carton à dessin sous le bras, Emma un grand sourire aux lèvres et moi un nom dans la tête. C'est la première fois que nous allons ensemble au collège et j'ai l'impression que nous sommes les trois Mousquetaires, même si Mme Fourmain nous a expliqué qu'en vrai, ils étaient quatre.

– Alors, ce nom ? chuchote Emma d'une voix vibrante de curiosité.

Je lui ai envoyé un mystérieux J'ai trouvé ! hier soir par SMS. Elle meurt d'envie d'en savoir plus.

– Dis-le-nous ! supplie Théodore.

Après quelques secondes de suspens, je lance :

– Madame Gertrude.

Devant leur tête déconfite, j'éclate de rire.

– C'est un nom de code. Je préfère garder le secret pour le moment.

– Ah, je comprends ! Madame Gertrude est comme une cape d'invisibilité pour la femme que tu as choisie, approuve Emma, ravie.

Elle est vraiment fan de *Harry Potter* ! Logique qu'elle ait pensé au nom de J.K. Rowling !

Même s'il est encore tôt, notre arrivée ne passe pas inaperçue. Halim et Paul se poussent du coude en remarquant le carton à dessin de Théodore, Manelle nous dévisage sans aucune discrétion. Dès que les surveillants ouvrent les grilles, nous filons à travers le hall. La boîte à noms trône devant le bureau de M. Lecerf et comme si nous n'étions pas déjà au courant, un message s'affiche sur le panneau lumineux.

DERNIER JOUR POUR LE NOM DU COLLÈGE

Nous nous plantons devant la porte de la salle des professeurs. Emma frappe. Le mille-pattes aussi et ça provoque des sensations très désagréables dans mon ventre. Et si Mme Rimbaud était malade ? Et si elle n'était pas là ?

La porte s'ouvre. M. Jaurin se tient devant nous, une tasse de café à la main.

– Tiens, trois six-trois ! Qu'y a-t-il pour votre service ?

Par l'entrebâillement, j'aperçois un groupe de professeurs qui discutent aussi fort que des élèves. M. Favrey est affalé dans un fauteuil, le nez sur son portable. C'est rigolo de les découvrir comme ça !

Emma prend la situation en main.

– On voudrait voir madame Rimbaud et madame Cirella.

– Rien que ça ? Deux professeures pour votre petit-déjeuner ?

Il a vraiment un humour particulier.

– C'est pour le parrainage, j'explique.

– Vous proposez tous les trois un nom ? Bravo !

– Non, moi je dois remettre un dossier à madame Cirella, bafouille Théodore qui se cramponne à son carton à dessin.

– Quel genre de dossier ?

L'impatience me gagne. Avec sa manie de poser des questions, M. Jaurin nous fait perdre du temps. Et maintenant que les élèves affluent dans le hall pour rejoindre la cour, nous ne passons plus inaperçus, rassemblés tous les trois à la porte. Heureusement, Mme Fourmain, intriguée, vient à notre secours. Aussitôt informée de notre requête, elle se tourne vers la salle des profs et appelle :

– Émeline ? Déborah ? Des élèves pour vous.

Impossible de savoir à qui appartiennent les prénoms, mais Mme Rimbaud et Mme Cirella s'approchent aussitôt. Mme Cirella prend le carton à dessin de Théodore en le remerciant. Mme Rimbaud lit le bulletin sur lequel j'ai inscrit le vrai nom de madame Gertrude. Elle sourit, hoche la tête, me regarde et appose sa signature.

– Bravo, Salomé ! Très bon choix.

– Merci.

C'est un merci global, pour le compliment et pour son aide. Ça y est, j'ai mon parrainage, ou plutôt mon marrainage ! La sonnerie nous surprend. Vite, il faut aller en cours !

Pendant la matinée, je ne cesse de vérifier que je n'ai pas égaré mon papier. Emma aussi. Nous avons décidé de les déposer ensemble, à l'heure du déjeuner, et je ne pense qu'à cela. À la façon dont Théodore couvre sa feuille de formes étranges, je déduis que lui aussi ne songe qu'à une chose : son carton à dessin !

Enfin, le grand moment arrive.

Si nous étions dans la vie imaginaire, le hall serait désert. Emma et moi nous approcherions de la boîte à noms, comme au ralenti. Nous placerions notre bulletin à l'intérieur en échangeant un sourire, et voilà.

Mais nous sommes dans la vraie vie. Le hall est bondé d'élèves. C'est très intimidant. Soudain, une voix retentit dans les haut-parleurs.

– Bonjour à tous, ici Noé Charrier, de la quatrième 2. Comme vous l'avez peut-être lu sur les affiches, une Web radio sera créée à la rentrée des vacances de la Toussaint. On recherche des animateurs. Si vous êtes intéressés, contactez monsieur Toulbar, le professeur de technologie. Je profite de ce message pour vous rappeler que ce soir après les cours, vous ne pourrez plus proposer de noms. Alors, bougez-vous pour le collège !

La communication s'achève dans un sifflement strident qui nous transperce les oreilles.

– Salomé, c'est vrai que c'est la prof d'anglais qui a signé ton bulletin ?

Je me retourne. Capucine me fait face, narquoise. Manelle, muette, se tient près d'elle.

– Oui. Et alors ? je riposte.

– Oh, rien. Ce n'est pas étonnant, vu que tu es sa chouchoute…

Agacée, j'entraîne Emma vers le bureau de la Vie scolaire. Autant en finir au plus vite.

– On dirait la coupe de feu, soupire-t-elle en désignant la boîte.

– Sauf que là, il n'y a pas de sort de limite d'âge, nuance Théodore qui nous accompagne.

Emma lui jette un regard surpris et appréciateur.

– Tu connais ?

– J'adore ! Normal, il y a des dragons.

– J'ai l'impression que tout le monde nous regarde, je murmure en m'avançant.

– Mais tout le monde vous regarde ! rétorque Théodore. Surtout les troisièmes, ajoute-t-il en désignant un groupe d'ados assis sur les marches du grand escalier.

Ils nous dévisagent en se poussant du coude et en riant. Un garçon lance :

– Allez, les petits, décidez-vous !

– On y va, souffle Emma.

Je m'approche, le billet plié au creux de ma main. Elle est si moite que j'ai peur que le nom de madame Gertrude ne déteigne sur ma paume.

Ensemble, nous glissons notre papier dans la fente. Aucune étincelle magique ne jaillit. En revanche (Mme Fourmain nous a conseillé de dire « en revanche » et non « par contre »), les troisièmes sifflent et applaudissent.

– Ça y est, tu as mis ton idée de génie ?

Capucine a surgi devant nous, Manelle et d'autres filles dans son sillage. Elle me dévisage, l'air provocant, en mâchant un chewing-gum.

– Ce doit être un nom à rallonge compliqué, poursuit-elle. La boîte va avoir une tête grosse comme une citrouille !

Et elle élargit les bras autour de son crâne, ce qui arrache des gloussements aux autres.

– Qu'est-ce qu'une intello a bien pu choisir ? raille-t-elle en mimant une profonde réflexion.

Elle se gratte la tête, se caresse le menton. Devant ce numéro insupportable, Emma ouvre la bouche pour protester, Théodore s'approche, mais je les prends de vitesse.

– J'en ai ras-le-bol que tu me saoules avec ce surnom d'intello ! je rugis. Ça t'ennuie que les gens soient intelligents ? Tu es jalouse ?

Pas de doute, je suis dans la vie réelle. Mes joues me brûlent, mes mains tremblent.

– Moi, jalouse ? siffle-t-elle. Tu insinues que je ne suis pas intelligente ?

Un cercle se forme aussitôt autour de nous, nous enfermant dans une arène.

– Je n'insinue rien, j'aimerais juste savoir pourquoi tu me traites d'intello avec cet air méprisant.

Capucine énumère sur ses doigts.

– Tu fayotes avec les profs, tu lèves sans arrêt la main, tu finis tes contrôles en avance, tu as la meilleure moyenne et tes performances sportives sont riquiqui, comme toi. Les intellos sont toujours minables en sport. Voilà beaucoup de bonnes raisons, non ? achève-t-elle, dans un ricanement général.

Autour de nous, le cercle s'est épaissi. Des élèves que je ne connais pas sont venus s'agglutiner et échangent des commentaires en se poussant du coude. C'est alors que s'élève la voix de Théodore.

– Ton raisonnement est discutable, Capucine. Je ne suis pas doué en sport non plus, pourtant je ne suis pas un intello, ça n'aura échappé à personne, ajoute-t-il avec une mimique cocasse.

Tout le monde éclate de rire, d'un rire gentil. Ça ne sonne vraiment pas pareil, un rire gentil et un rire méchant.

Je le remercie du regard et je saisis la perche.

– Si d'après toi les intellos sont nuls en sport, est-ce que tu considères que les bons sportifs sont des imbéciles ?

Capucine fronce les sourcils.

– On aimerait bien connaître ton avis sur la question, déclare Aïssata d'une voix posée. Parce que moi, je fais de l'athlétisme.

– Et moi, de la natation en club, ajoute Tricia.

– Et nous, on joue au foot les mercredis et les dimanches, renchérit Halim en désignant Paul et Raphaël.

Ce dernier semble très contrarié par le tour que prend la situation. Il vole au secours de sa star de cœur.

– Capucine danse super bien, affirme-t-il. Et elle est très intelligente.

– Dans ce cas, c'est aussi une intello, je réplique. À moins qu'elle estime que les doués en sport sont des imbéciles, sauf elle. Capucine ? Ton opinion ? j'insiste en plantant mes yeux dans les siens.

Le cercle se fige dans un silence pesant.

– Non, ce ne sont pas des imbéciles, déclare-t-elle en tentant de faire bonne figure.

M. Lecerf et les surveillants, alertés par notre regroupement, arrivent et nous demandent ce que nous fabriquons.

– Tout va bien, monsieur, on est tous des intellos ! s'exclame Aïssata en levant les bras et en exécutant des pas de danse en signe de triomphe.

Le cercle se dissout. Certains élèves de la classe me félicitent.

– Tu l'as bien calmée, Salomé, bravo ! me lance Tricia.

Capucine a disparu au fond de la cour avec son clan. Pour la première fois depuis la rentrée, j'ai l'impression d'être populaire.

Je passe l'après-midi sur un nuage. Et c'est communicatif. Même Théodore, qui d'habitude est indifférent aux maths, répond aux questions de M. Favrey.

Quand la dernière heure de cours s'achève, Capucine s'approche de moi. Elle veut régler ses comptes ?

– Salomé, je m'excuse si je t'ai blessée. Je retire ce que j'ai dit sur toi. En vrai, je suis pour la paix.

Je suis tellement médusée par son revirement d'attitude que je ne sais pas quoi répliquer. De toute façon, elle a déjà quitté la salle. Je range mes affaires en me demandant si j'ai rêvé.

– Elle doit être en état de choc après ce qui s'est passé, commente Emma avec son air de psychologue.

Théodore garde le silence. Nous descendons l'escalier et nous arrivons sur le palier qui donne sur le hall.

– En état de choc ? Vous rêvez. Regardez ! lance-t-il soudain.

Capucine échange quelques mots avec le CPE et sort un papier de sa poche. M. Lecerf hoche la tête. Capucine glisse son papier dans la boîte.

– Et voilà, murmure Théodore. Elle l'a déposé, son bulletin.

– J'espère que la boîte le recrachera, siffle Emma, rageuse.

Mais la boîte se comporte correctement et ne recrache rien sur le costume de M. Lecerf quand il la saisit pour la ranger dans son bureau.

La journée a été si remplie d'émotions que nous n'avons pas envie de nous séparer. Avec l'accord de Mamilu, j'invite Emma et Théodore chez elle pour goûter. Justement, elle vient d'imaginer une recette et elle est curieuse d'avoir nos avis. Elle dispose dans nos assiettes de petits dômes de chocolat ornés de treillage en caramel.

– Trop beau ! s'extasie Emma.

– Trop bon ! soupire Théodore en fermant les yeux. Il y a de la fleur d'oranger, non ?

Mamilu acquiesce, satisfaite. Impressionnée par le talent de Théodore à reconnaître les saveurs, je croque une nouvelle bouchée pour sentir tous les ingrédients. C'est délicieux. Félix dirait que c'est une tuerie.

– Tu vas le mettre dans ton blog, j'espère, Mamilu !

– Bien sûr. Alors, ce grand jour ? Racontez !

Nous lui détaillons à trois voix les événements qui se sont succédé depuis ce matin. Mamilu ponctue notre récit d'exclamations enthousiastes.

– Est-ce qu'on peut enfin savoir qui se cache derrière madame Gertrude ? demande-t-elle.

Je secoue la tête, un peu gênée.

– J'ai peur que ça me porte malheur. Je préfère le dire quand la liste des noms retenus sera affichée. Vous ne m'en voulez pas ?

– Bien sûr que si, plaisante Emma.

– Une intello superstitieuse ? glousse Théodore. Je ne sais pas si c'est une lumière qui éclaire beaucoup !

Éclat de rire général. Théodore invente des blagues aussi profondes que les pensées profondes d'Emma. Ça s'appelle avoir de l'esprit.

DÉCROCHER DU CAUCHEMAR

Tous les professeurs sont réunis dans le bureau de Mme Nourine, la Principale. La boîte à noms a été renversée sur le bureau. M. Jaurin et M. Damart déplient les bulletins un à un et les lisent à voix haute.

– Collège des dragons, collège arc-en-ciel, collège J.K Rowling, collège des nuls en sport, collège La paix…

Soudain, M. Jaurin éclate de rire, un papier à la main. M. Damart s'approche, intrigué, et s'esclaffe lui aussi.

– Madame Gertrude ! hoquette-t-il. Ha ha ! Madame Gertrude !

Les rires remplissent la salle et s'envolent jusqu'au plafond comme de vilains oiseaux de malheur. Mme Fourmain pince les lèvres, très mécontente.

– Voilà un bulletin nul à plus d'un titre, déclare-t-elle d'une voix sèche. Dire que c'est celui de Salomé Lortal !

Horrifiée, j'ouvre la bouche pour protester :

– Arrêtez, vous ne lisez pas le vrai nom !

Mais personne ne m'entend. Je suis comme invisible. Mon bulletin glisse par terre. Je reconnais mon écriture et je découvre, anéantie, que j'ai bien écrit « Madame Gertrude ». C'est affreux ! Je devais avoir la tête ailleurs. Pourquoi Mme Rimbaud ne m'a-t-elle pas alertée avant de signer ?

Cette dernière semble être la seule à me voir. Elle murmure avec un sourire méchant :

– Bien fait ! Ça t'apprendra à me provoquer et à être insolente.

– Voilà ce qui arrive aux intellos, clame M. Damart. Allez, on se réveille, on se réveille !

J'ouvre les yeux, en sueur. 04 h 10. Le mille-pattes s'agite dans mon estomac. J'ai mal au cœur. Je respire lentement, profondément, en reprenant mes esprits. Cette fois, je ne vais pas vomir. Je sais que les cauchemars, ce n'est pas la vie réelle. Et je me rendors.

Traduire sans trahir

Aujourd'hui mercredi, nous avons enfin maman sur Skype pour des nouvelles détaillées. Ça change des messages courts sur WhatsApp ! Comme elle le dit elle-même en plaisantant, elle a atterri avant-hier mais elle a eu à peine le temps de se poser tant elle a eu de choses à s'occuper. En France, il est 15 heures, mais au Japon, il est 10 heures du soir. Tokyo est une ville incroyable. La plupart des rues n'ont pas de nom, comme mon collège ! Son travail est compliqué car elle doit traduire sans fautes les interventions des différents scientifiques. Un de ses collègues allemands a entendu « avec le plus grand déplaisir » alors qu'il fallait comprendre « avec le plus grand des plaisirs » et il s'est trompé dans sa traduction. Heureusement, l'erreur a été rectifiée.

Maman me félicite d'avoir trouvé le nom de madame Gertrude et de m'être expliquée avec Capucine sur les « intellos ». Notre duel en paroles l'a beaucoup amusée.

– Bravo, ma puce, tu as su argumenter ! Si Capucine s'est excusée et qu'elle souhaite faire la paix avec toi, c'est qu'elle est intelligente, assure-t-elle.

Après notre conversation, je fonce chez Mamilu qui garde Émilia pour leur offrir un reportage spécial Japon qui les intéresse beaucoup. Ma petite cousine me bombarde de questions sur le métier de maman. C'est fou ce qu'on peut être curieux à sept ans ! Je lui propose de jouer à l'interprète et je l'entraîne chez moi, dans ma chambre. Je lui montre le bidule. Ravie, Émilia met un casque sur sa tête. J'explique rapidement :

– Tu parles dans une langue étrangère et je traduis.

– Quelle langue étrangère ?

– Tu inventes.

– Je peux faire une langue d'extraterrestre ?

– Tu en connais une ?

Émilia m'adresse un petit sourire moqueur.

– J'en connais des tas !

– Si tu veux. On y va alors.

Ma cousine prend une grande inspiration.

– *Pévoï ista mani rol...*

– « Je suis ravie d'être parmi vous ce soir… »

– *Kostachovsi parla benita malterre.*

– « … pour participer à cette conférence sur la protection de la planète. »

Émilia apprécie le jeu. Nous échangeons les rôles. Mais à chaque fois que j'invente une longue phrase, Émilia la traduit par une formule hypercourte.

– *Ou si dabrouski maïté ni solk oulouna…*

– « Bien, merci ! »

Je fais semblant de me fâcher.

– Émilia Texier, vous déformez mes propos ! Vous êtes renvoyée de la conférence.

Elle enlève son casque en gloussant.

– Tu imagines, si les interprètes donnaient de fausses traductions pour rigoler ? « Monsieur le président, vous devriez suivre un régime car vous êtes trop gros. »

– Ce n'est pas possible. Ils perdraient aussitôt leur travail ! Et ça risquerait de créer des catastrophes, je réplique, amusée.

Ma cousine réfléchit.

– Sauf si c'est pour le bien, déclare-t-elle. Par exemple, au lieu de « Il faudra organiser une nouvelle conférence l'année prochaine au sujet de la planète », ils pourraient dire : « J'interdis l'usage des sacs plastique dans mon pays » ou « Demain, distribution gratuite de voitures électriques ».

– Un interprète n'a pas le droit de trahir les pensées de ceux pour qui il travaille !

– Oui, mais ça ferait son petit effet et ça rendrait service à tout le monde. En plus, les gens qui veulent protéger la Terre et qui en ont marre des bla-bla, comme Florine, applaudiraient ! Du coup, les présidents seraient super fiers d'être appréciés et ils n'oseraient pas se plaindre qu'on a déformé leurs propos. Et la Terre serait sauvée. Dis à TatiFlo d'en parler avec ses collègues.

Ma cousine a parlé tellement vite que si elle avait une interprète, celle-ci s'arracherait les cheveux. À moins d'être archi-douée comme maman.

– Tu vas l'avoir quand, la réponse au sujet de madame Gertrude ? s'enquiert-elle sans transition.

Dans son cerveau, les idées se bousculent à toute vitesse aussi.

– Dans une semaine. Juste avant les vacances de la Toussaint.

– Et après ?

Je lui explique qu'il faudra prendre la parole devant tout le collège pour donner envie aux élèves de voter pour le nom qu'on a proposé.

– Tu veux que je t'entraîne pour défendre madame Gertrude ? Papa prétend que les candidats qui s'expriment bien ont plus de chances de remporter les élections que les autres. Même si leur programme est nul. Je peux te servir de coach, comme Florine avec Félix.

Je fronce les sourcils.

– Comment ça ?

Elle me jette un regard apitoyé.

– Tu n'es pas au courant ? Félix est amoureux d'une fille de son lycée, Stella. Il a demandé à Florine des conseils pour la draguer. Elle lui donne des leçons de coup de foudre sur Facebook.

Abasourdie, je demande à Émilia d'où elle tire ses informations.

– Quand je m'ennuie, je cherche des occupations. Simon et Florine n'ont jamais le temps de jouer avec moi. Alors je mène mes petites enquêtes.

Félix est amoureux… Ça explique pourquoi il est scotché à son portable et à sa guitare, qu'il a ressortie de son étui. Et pas du tout à ses manuels scolaires. Déjà qu'il ne travaillait pas beaucoup ! D'ailleurs, ce soir il insiste pour que je relise son devoir de français, il a la flemme de s'en charger lui-même. Comme je suis forte en orthographe, je repère les fautes même si je ne comprends pas tous les mots. Et des fautes, il y en a. Dans son classeur, je tombe sur une copie qui porte un 4/20. « Le livre n'a pas été lu. » Je grimace.

– Fais attention, Félix. C'est vraiment une sale note.

– Je fais attention. Si je te recrute comme relectrice, c'est justement pour améliorer mes résultats.

– Les parents vont te pourrir la vie quand ils les découvriront, tes résultats !

– T'inquiète. Le service informatique du lycée est en panne. Ils ne peuvent pas les consulter. J'ai largement le temps d'augmenter mes moyennes d'ici la fin du trimestre. Je gère.

Le drame, avec mon frère, c'est qu'il ne voit pas plus loin que le bout de son nez, pour reprendre une expression de Mamilu. Or son nez est tout rond comme une petite patate écrasée. Autant dire qu'il est myope, question anticipation. Et sourd… J'ai beau essayer de l'avertir, il n'entend pas. Mme Fourmain nous a raconté que dans la mythologie grecque, une princesse, Cassandre, prévoyait les catastrophes, mais que personne ne la croyait. Je suis pareille.

– Méfie-toi, Félix ! je répète.

– Lâche-moi, Salomé. Maintenant que papa ne me flique plus, tu ne vas pas t'y mettre. Occupe-toi de tes affaires. Et reprends ta bestiole. Elle est interdite de séjour dans ma chambre !

En vrai, mon frère n'a pas dit « Occupe-toi de tes affaires ». Il m'a conseillé de m'occuper d'une partie double de mon anatomie qui me sert de coussin quand je m'assois. Comme Gandhi. J'ai traduit sa grossièreté en langage poli, sans trahir sa pensée.

Vexée, je récupère Biscotte, je la serre contre moi et je me dirige vers la sortie.

– Si c'est comme ça, ne compte plus sur moi pour corriger tes fautes avec un « S ».

– Salomé, s'il te plaît !

Félix me regarde avec des yeux implorants.

Je me laisse supplier pour la forme et j'accepte de terminer ma relecture.

D'abord, ses devoirs sont si courts que ça ne me prend pas beaucoup de temps.

Ensuite, en échange de mes services, j'exigerai tout ce que je veux. Il ne pourra rien me refuser.

DÉFENDRE SES IDÉES

Enfin, on y est ! Nous sommes vendredi, veille des vacances, mais surtout jour de la publication des noms retenus par l'administration. La semaine m'a paru interminable, comme si le temps s'était figé. L'ambiance était électrique, même chez les professeurs. Mme Rimbaud était sous haute tension, Mme Fourmain a dit plusieurs fois « par contre » au lieu du « en revanche » qu'elle nous préconise sans arrêt. Quant à M. Damart, il a oublié de nous chronométrer au stade. Même Capucine, qui a affiché une attitude pacifiste à grand renfort de sourires, semble sur le point d'exploser d'impatience.

Juchée sur un tabouret, je grignote du bout des dents une tartine sous l'œil attentif de Tiramisu. Papa est déjà parti à son cabinet d'orthophoniste. Il m'a laissé un mot d'encouragement super gentil. Félix débarque dans la cuisine, les cheveux impeccablement coiffés. Il se verse un grand verre de jus d'orange, se coupe une épaisse tranche de pain sur laquelle il étale une généreuse couche de beurre de cacahuète. Il paraît que l'amour coupe l'appétit, mais c'est faux. Ou alors, mon frère n'est pas vraiment amoureux.

– Tu stresses ?

En guise de réponse, je me contente de hausser les épaules.

– On dirait que tu vas passer le brevet, ironise-t-il.

– Pour le brevet, je ne stresserai pas.

Il soupire.

– Le pire, c'est que tu as raison. Tu penses que madame Gertrude a ses chances ?

– Si elle n'en avait aucune, je ne serais pas inquiète. Je m'en moquerais et je prendrais un bon petit-déjeuner.

Je me lève et je débarrasse mon couvert en vitesse. J'ai rendez-vous avec Emma et Théodore. Pas question d'être en retard.

– Merde ! lance Félix.

J'ouvre la bouche, mais je me rappelle à temps que ce mot porte-bonheur dans les grandes occasions attire la poisse si on remercie.

– Surtout, envoie-moi un SMS si madame Gertrude sort de la boîte !

En guise de réponse, je hoche la tête. Sous son indifférence apparente, mon frère se soucie de moi. Il est super gentil, parfois.

Je me dirige en toute hâte vers la place Eugénie-Bardin et mon mille-pattes en profite pour commencer son jogging. Je serre les dents à chacun de ses piétinements. Voilà, je les vois ! Emma discute avec Théodore en se frottant nerveusement les mains. Lui n'en mène pas large. C'est aujourd'hui que Mme Cirella le reçoit en privé pour lui donner son avis sur ses dessins. En vrai, elle a dit ses « travaux ». Trop stylé !

Nous marchons à vive allure. M. Damart serait fier de nous, lui qui nous traite souvent de « mollassons ». J'ai l'impression d'entendre des roulements de tambour quand nous franchissons les grilles du collège. Mais non, c'est juste mon cœur qui bat très fort.

Nous voici dans le hall. Sur l'écran qui affiche les noms des profs absents, les activités prévues, il y a...

– Rien ? Pas de liste ? je m'exclame, dépitée.

– Ils n'ont peut-être pas eu le temps de finir, suggère Emma, conciliante.

– C'est bien la peine de nous rabâcher qu'il faut rendre nos devoirs à temps, bougonne Théodore.

Déçus, nous rejoignons la classe dans la cour. Mme Fourmain est déjà là et comme tout le monde la bombarde de questions ou de remarques indignées, elle nous fait signe de nous calmer.

– La Principale annoncera la sélection à la récréation, explique-t-elle.

Les protestations fusent mais Mme Fourmain les ignore. Imperturbable, elle nous conduit dans notre salle.

– Étant donné que les contributeurs devront défendre leur proposition en public, nous allons nous exercer à l'oral.

Capucine lève aussitôt la main.

– Ça veut dire que quelqu'un dans la classe a gagné ?

Mme Fourmain esquisse un sourire.

– Il ne s'agit pas de gagner, Capucine. Et ne compte pas sur moi pour dévoiler une quelconque information. En revanche, il est important que tout le monde apprenne à défendre ses idées. Y compris les plus timides, ajoute-t-elle en regardant Manelle.

Cette dernière plaque nerveusement sa main sur sa bouche et baisse la tête.

Je ne pourrai jamais résister à ces deux heures. J'ai du mal à respirer. Emma ne cesse de frotter ses mains l'une contre l'autre pour chasser les fourmillements. Théodore, lui, n'est pas tellement dans son état normal puisqu'il noircit sa feuille de spirales désordonnées, sans aucun dragon à l'horizon. Heureusement, Mme Fourmain est une super prof.

– Nous allons jouer à pour ou contre, annonce-t-elle. Je propose un thème et chacun d'entre vous devra formuler son argument en s'expliquant avec précision. Nous commençons. Pour ou contre les devoirs à la maison ?

Avec pour ou contre « les devoirs à la maison », puis la « Saint-Valentin », « le portable au collège », les langues se délient. Raphaël, pourtant fort à l'oral, est dépassé par Théodore qui trouve plus d'arguments que lui contre le travail à la maison. Aïssata se révèle très convaincante pour critiquer la Saint-Valentin, les garçons l'applaudissent. Même Manelle fournit un énorme effort : elle ôte la main de sa bouche. J'affronte Capucine au sujet du portable. Elle estime que c'est bien de l'interdire au collège, c'est étonnant. À la réflexion, je me rappelle que je ne l'ai jamais vue avec un téléphone. Elle est logique avec elle-même !

Le temps passe plus vite que prévu, mais dès que la sonnerie de la récréation retentit, nous nous précipitons dehors aussi rapidement que si l'alarme incendie venait de se déclencher et nous nous rassemblons dans le hall.

Les trois notes de musique qui préludent à une intervention officielle retentissent. Les visages se crispent. Je retiens mon souffle et je me cramponne à la main d'Emma.

La voix de Mme Nourine, la Principale, résonne dans les haut-parleurs.

« Chers élèves,

Je vous félicite pour votre implication formidable, en particulier de la part des sixièmes et des cinquièmes qui se sont beaucoup investis (applaudissements des élèves). Merci également aux professeurs qui les ont parrainés et qui, j'en suis sûre, les ont motivés (re-applaudissements). Ce concours est un succès ! Voici le moment que vous attendez tous. Sur vos 65 propositions, le jury a retenu, par ordre alphabétique :

Collège Dix sur dix.

Collège Édith-Piaf (célèbre chanteuse des années 50).

Collège Gandhi (grand homme politique indien et figure de la non-violence, qui s'est battu pour l'indépendance de son pays).

Collège des Lumières.

Collège Raymond-Kopa (grand footballeur international).

Collège Rosa-Parks (femme afro-américaine, symbole de la lutte contre la discrimination raciale aux États-Unis).

Merci à tous et bravo aux nominés ! Vous retrouverez la sélection sur notre tableau d'affichage et sur le site du collège. Bonnes vacances et à la rentrée, pour entendre nos six candidats défendre le nom qu'ils ont choisi. »

J'ai l'impression d'être un clou qui vient de recevoir trois coups de marteau.

Le premier, c'est que la proposition d'Emma n'a pas été prise. Trop moche !

Le deuxième, c'est que madame Gertrude est bien là. Trop génial !

Et le troisième, c'est que Gandhi figure dans la sélection. Trop bizarre ! Qui a eu cette idée ? Félix n'a pas déposé de bulletin...

Avec Théodore, je réconforte Emma. Elle essaie de garder bonne figure, mais je sais qu'elle est très déçue. J.K. Rowling, c'était un nom merveilleux.

– Tant pis. De toute façon, je ne me voyais pas parler devant tout le monde. Les psychologues sont plus doués pour écouter, déclare-t-elle en s'efforçant de sourire. En tout cas, bravo à toi, Salomé. J'ai tout de suite reconnu madame Gertrude !

Je n'ai pas le temps de lui répondre. Capucine s'est plantée devant nous.

– C'est toi qui as proposé les Lumières, Salomé ?

– Qu'est-ce qui te fait penser ça ?

– Le petit discours de madame Fourmain sur les intellectuels qui éclairent les gens...

Capucine n'esquisse pas son sourire ironique habituel (elle est encore en mode paix) mais on dirait qu'il est caché dans sa voix.

– Moi, il ne m'inspire pas, ce nom, déclare Paul. Je ne voterai pas pour lui. Il rendrait la vie des mauvais élèves encore plus compliquée.

– J'avoue ! Ne pas être une lumière dans un collège qui s'appelle les Lumières, c'est dur ! approuve Théodore en riant.

Manelle murmure :

– Je parie que tu as plutôt choisi Dix sur dix, Salomé. C'est presque toujours les notes que tu as.

Les regards pèsent sur moi. Il est temps de dévoiler qui est madame Gertrude. Je prends une grande inspiration.

– Non. Moi, j'ai proposé le nom de Rosa Parks.

Si j'avais annoncé « Le nom du footballeur, c'est mon idée », ils n'auraient pas été plus surpris.

– Rosa Parks ? s'écrie Aïssata, étonnée. La dame noire ?

– Oui. Elle a été héroïque.

– Une super héroïne noire ? lance Paul, dubitatif.

Un peu agacée, j'explique :

– Un jour, ça se passe aux États-Unis, en Alabama, dans les années 1950, un chauffeur de bus demande à cette dame, Rosa Parks, de laisser sa place assise à un Blanc. À cette époque, c'était comme ça. Les Noirs n'avaient pas le droit de fréquenter les mêmes endroits que les Blancs, y compris les toilettes. Et dans les bus, ils devaient aller au fond. Rosa Parks a refusé. Le conducteur a appelé la police, on l'a mise en prison. Et ça a déclenché un grand mouvement de protestation dans le pays, en particulier grâce à Martin Luther King qui est devenu le leader de la contestation.

Aïssata et Tricia serrent les poings.

– D'accord… Mais pourquoi notre collège porterait le nom d'une dame noire ? réplique Capucine. C'est pas du racisme, mais moi, je ne suis pas Noire.

– Et pourquoi le collège aurait forcément le nom d'un Blanc ? riposte Aïssata. C'est pas du racisme non plus, mais il y a beaucoup d'élèves ici qui ne sont pas Blancs, je te signale.

Il y a tellement d'électricité dans leurs regards qu'on pourrait recharger tous les portables du collège.

Raphaël intervient :

– Moi, je veux bien faire des efforts, seulement pourquoi on donnerait au collège le nom d'une fille ? J'en suis pas une !

– Moi non plus, renchérit Halim avec une mimique dégoûtée. De toute façon, je vais voter pour le footballeur.

Quand j'aurai le temps, je demanderai à Mme Fourmain s'il y a un synonyme de « exaspéré XXL ». Les poings sur les hanches, je lance, rageuse :

– Et nous, vous croyez qu'on est des garçons peut-être ? Pourtant vous savez le nombre de fois où on doit accepter d'être dans des endroits qui ne portent que des noms d'hommes alors que les femmes représentent la moitié de la population ? Dans le quartier, il n'y a que huit rues sur trente qui ont un nom de femme.

Halim me contemple, sidéré.

– Sérieusement, tu as compté ?

– Oui. Je n'ai pas l'habitude de raconter n'importe quoi ! J'ai effectué un repérage.

Les autres se taisent. Je croise le regard de Capucine. C'est drôle, j'ai l'impression qu'elle m'approuve.

Théodore rompt le silence.

– Un nom de fille ou de garçon, on s'en fiche. Pareil pour la couleur. On choisit le nom d'une personnalité pour ce qu'elle représente, pour ses valeurs. Parce qu'elle est un modèle.

Murmures d'approbation. Emma l'enveloppe d'un regard admiratif. Je suis sûre qu'elle est prête à le nommer président d'honneur de son club de pensées profondes.

Alors la voix flûtée de Capucine s'élève.

– Je suis tout à fait d'accord avec Théodore. C'est pour cela que j'ai proposé le nom de Gandhi. Il représente la paix. Tout le monde est pour la paix. Et la paix triomphera.

REJETER LES PAIX TROMPEUSES

« C'est pour cela que j'ai proposé le nom de Gandhi. Il représente la paix. Tout le monde est pour la paix. Et la paix triomphera. »

Maman éclate de rire à mon imitation de Capucine. Je viens de lui raconter en détail la journée des résultats. C'est trop bien, Skype ! On a l'impression d'être tout près de la personne qui vous appelle, même si elle est à des milliers de kilomètres.

– Si tu avais vu son petit sourire satisfait… en totale contradiction avec ses paroles. Emma la surnomme la punaise qui pue.

– Ce n'est pas gentil.

– Non, mais ça m'énerve trop qu'elle ait choisi le nom de Gandhi. Capucine n'aime pas la paix. Elle joue un rôle, maman. Papa dit que c'est de la contrefaçon. Comme les faux sacs Chanel®. Je ne veux pas qu'elle gagne !

– Dans ce cas, tu devras soigner ta présentation de Rosa Parks.

– J'ai déjà prévu de travailler mon discours pendant les vacances. Mais ma chambre est à côté de celle de Félix. Je suis sûre qu'il va se moquer de moi en m'écoutant m'exercer.

– On trouvera une solution. Je dois te laisser maintenant. À bientôt, ma puce ! Je t'embrasse très, très fort.

Elle m'envoie un bisou, moi aussi, et le petit gloub de la déconnexion retentit. Heureusement que maman revient dans quelques jours, elle me manque trop !

Je file rejoindre Théodore chez Mamilu. Elle l'a invité « pour discuter de choses sérieuses ». En effet, ils sont en pleine conversation dans la cuisine. Plusieurs dessins s'étalent sur la table.

– Qu'est-ce que vous faites ? je demande, intriguée.

– Une réunion pour mon blog. Simon s'occupe de la partie informatique et j'ai engagé Théodore comme conseiller artistique. Il faut s'entourer de gens talentueux pour réussir, affirme-t-elle.

Théodore rougit sous le compliment. Mme Cirella s'est longuement entretenue avec lui au sujet de ses « œuvres ». Elle l'a félicité pour son inspiration et lui a dit qu'avec une technique plus perfectionnée, il pourrait devenir un grand artiste. Elle a même insisté pour qu'il s'inscrive à l'atelier adulte d'arts plastiques qu'elle anime gratuitement à la maison de quartier. C'est trop la classe !

– Figure-toi que mon amie Agnès a décidé, elle aussi, de créer un blog de pâtisserie, poursuit Mamilu, amère. Comme par hasard, juste après que je lui ai parlé de mon projet. Elle veut me concurrencer. Si elle croit que je vais me laisser faire...

J'échange un regard entendu avec Théodore. Ma grand-mère vit la même chose que moi avec Capucine. Une rivalité.

– Donc je riposte, ajoute-t-elle. J'innove dans un blog très spécialisé. Pas un fourre-tout avec des recettes sans rapport les unes avec les autres. Non ! Mon blog sera une collection. Et j'ai le titre : *Les gâteaux-maisons*.

– Ils auront tous la forme de maisons, explique Théodore en montrant ses dessins : un chalet, un igloo, un moulin... Il n'y a plus qu'à imaginer les recettes !

– On va avoir du pain, ou plutôt du gâteau, sur la planche dans les prochains jours. La casserole va encore mijoter, commente Mamilu, ravie, en m'adressant un clin d'œil. Finalement nous sommes dans la même situation, toi et moi, Salomé. J'imagine que tu n'as pas envie que Capucine triomphe avec Gandhi. Même si Gandhi est un grand homme.

– Pas trop, non...

– Alors, si tu ne veux pas de sa fausse paix, prépare la guerre. Moi, je la prépare, la guerre. Agnès va devoir s'accrocher. On verra lequel de nos blogs remportera le plus de succès ! Simon m'a raconté qu'on pouvait mesurer le nombre de vues comme on mesure l'audience des émissions de télé ou de radio. On va bien s'amuser, conclut-elle en se frottant les mains.

Une expression terrible envahit son visage. Je comprends pourquoi papa se prenait pour un général avant la bataille, la veille de la rentrée. Il tient ça de sa mère !

Le soir, je dîne en tête à tête avec lui. Félix passe la soirée chez un copain. Papa sifflote joyeusement en s'affairant devant la cuisinière. Lui aussi est heureux que maman revienne dans quelques jours.

– Ta proposition est retenue, tu es en vacances... tu dois être super contente, ma puce.

– Oui. Je pourrai inviter Emma et Théodore ? Ils vont m'aider pour ma présentation de Rosa Parks. Il faut que ce soit très réussi.

– Bien sûr. Maman m'a dit que pour répéter ton discours, tu cherchais un endroit à l'abri des oreilles indiscrètes ?

– Oui, surtout celles de Félix.

Il m'adresse un large sourire.

– J'ai une idée : et si tu t'installais dans le jardin ? Tu serais tranquille.

Dans le jardin ? Sous la pluie d'automne ? Papa a des idées trop bizarres !

Après le dîner, je monte à l'étage, je prends Biscotte dans mes bras et je fais quelque chose d'absolument interdit. J'entre dans la chambre de mon frère en son absence. Elle est super bien rangée. Logique ! Maman a conclu un marché avec lui : s'il ne met pas d'ordre dans ses affaires, elle ne lui rapportera pas du Japon le jeu vidéo qu'il convoite et qui n'est pas encore sorti en France. Impossible de tricher ! Elle a procédé à une inspection des lieux par Skype. Félix a dû promener sa tablette dans tous les recoins de sa tanière pour prouver qu'il avait rempli le contrat.

Je me demande ce qu'elle va me rapporter, à moi… Je suis sûre que ce sera trop cool !

Je m'assois sur le lit et j'observe Gandhi. Lui aussi semble me dévisager derrière ses petites lunettes rondes.

– Tu sais, Gandhi, je t'aime bien, je déclare. J'ai lu que tu avais beaucoup influencé Martin Luther King et je trouve abominable qu'on t'ait assassiné, comme lui, à cause de tes idées. Ça ne me dérangerait pas que mon collège porte ton nom. Collège Gandhi, ça sonne bien. Seulement, la fille qui t'a choisi, Capucine Legrain, ne partage pas tes opinions, j'en suis sûre. Alors je vais lui faire la guerre. À ta façon… Une guerre non violente.

Je me lève, je lui adresse un petit signe d'au revoir et je récupère ma cochonnette d'Inde.

– Collège Rosa-Parks, ça sonne bien aussi !

Je sursaute. Biscotte tressaille dans mes bras. Sur l'affiche, Gandhi sourit toujours. Je me secoue. J'ai des hallucinations maintenant ?

SE PRÉPARER À LA GUERRE

Ce premier dimanche de vacances, la réunion familiale habituelle chez Mamilu s'est étendue aux amis. Théodore a été invité comme copain, voisin et consultant artistique du blog *Les gâteaux-maisons* et Emma en tant que copine extra de toujours. Ça fait beaucoup de monde autour de la table ! Émilia a demandé à Théodore s'il savait dessiner les extraterrestres et en guise de réponse, il a décoré sa serviette en papier d'un vaisseau intergalactique piloté par deux créatures de l'espace. C'est la première fois que je vois ma petite cousine bouche bée d'admiration. Elle regarde Théodore comme s'il était un dieu. Son dieu. C'est trop mignon !

Mon père a dit qu'il nous rejoindrait après avoir fini du bricolage dans le jardin. Je ne sais pas ce qu'il projette, mais trois de ses copains de rugby sont venus l'aider.

Simon et Félix imitent une trompette et un roulement de tambour. Mamilu apporte le premier gâteau de sa collection sur un plateau.

– Je vous présente le gâteau igloo, annonce-t-elle, les pommettes rosies par l'excitation. Bombe glacée vanille noix de coco.

Tout le monde applaudit.

– Pour une bombe, c'est de la bombe, ricane Simon qui adore les jeux de mots.

– Tendez vos assiettes ! ordonne ma grand-mère qui a commencé à découper délicatement l'igloo.

– Bruno ne vient pas ? s'étonne ma tante.

– Il ne va pas tarder, rétorque Mamilu. Il termine quelque chose. Commençons !

Le gâteau igloo est délicieux. Nous complimentons Mamilu pour sa recette et Théodore pour le design. C'est lui qui a dessiné la forme de la pâtisserie. Depuis qu'on lui a certifié qu'il pouvait être un grand artiste, il a des ailes. De dragon, bien sûr ! Je suis contente de le voir à l'aise au milieu de ma famille. Il discute avec ma tante et Simon comme s'il les connaissait depuis longtemps. Florine me félicite pour le choix de Rosa Parks. Quand je lui confie que c'est elle qui m'a mise sur la voie en me parlant de Martin Luther King à la piscine, elle sourit de plaisir.

Enfin, papa nous rejoint. Il s'assoit, savoure son gâteau et déclare :

– Moi qui rêvais depuis longtemps d'un endroit pour ranger mes outils de jardinage, je suis comblé. Je l'ai enfin.

– De jardinage ? s'écrie Félix. Mais tu n'as jamais jardiné, papa !

– Justement, c'était un rêve non accompli. Maintenant, je vais pouvoir le réaliser.

Hum... Je trouve ça bizarre, moi aussi. Et Isa semble penser comme moi, vu sa tête perplexe. Alors, mon père nous entraîne dehors. Stupéfaits, nous découvrons qu'une cabane occupe désormais une partie du jardin. Avec sa fenêtre et ses volets, on dirait un petit chalet. Papa explique qu'on peut même y installer un chauffage d'appoint.

– Mais tonton, les outils de jardin n'ont pas besoin d'avoir chaud ! s'exclame Émilia.

– Surtout que tu n'as pas d'outils de jardin, je souligne, de plus en plus intriguée.

Mon père passe un bras autour de mes épaules.

– Eh bien, en attendant que je m'équipe, tu pourras utiliser cette cabane, Salomé. Tu seras au calme pour préparer ton discours.

– Le calme avant la tempête, murmure Mamilu, avec l'air de celle qui est au courant.

– Une cabane ? Pour moi ?

C'est trop génial ! Je comprends pourquoi il me conseillait de m'installer dans le jardin. C'était de l'humour rempli d'esprit.

– Dans ce cas, Salomé, je réquisitionne ta chambre comme annexe à la mienne, lance Félix.

Je me tourne vers mes amis.

– Ce sera notre Q.G., je déclare.

Émilia fronce les sourcils.

– Q.G., ça veut dire quoi ?

– C'est l'abréviation de carrément génial ! plaisante Simon.

À cause de son orthographe fantaisiste, Félix ne comprend pas la blague tout de suite. Florine est obligée de lui expliquer. C'est doublement drôle.

Je m'approche de la cabane, j'ouvre la porte et j'invite Théodore et Emma à entrer. Une bonne odeur de bois neuf nous enveloppe tous les trois. J'avise un balai posé contre le mur. Je le saisis et avec le manche, je frappe une série de petits coups, comme Mme Fourmain.

– Je déclare ouvert notre quartier général. C'est là que nous nous réunirons pour échafauder nos plans de bataille. On a du pain sur la planche.

– D'abord, penser à une campagne électorale en faveur de Rosa Parks, s'enthousiasme Théodore.

– Et écrire sur elle un discours aussi fort que ceux de Martin Luther King, même si ça risque d'être très difficile, je poursuis.

– Sans compter qu'on devra déjouer les embrouilles de celle-dont-on-ne-doit-pas-prononcer-le nom, car je suis sûre que la punaise qui pue les cherchera, affirme Emma, la mine farouche. Elle doit déjà y penser. On se battra, comme dans la bataille de Poudlard !

– Et ça ne sera pas du gâteau-maison, glisse Théodore.

Nous éclatons de rire.

– Surtout, malgré les obstacles, il faudra continuer à être de super amis, parce que c'est trop bien, je conclus.

J'ai l'impression qu'Emma et Théodore rougissent. La voix de Florine retentit soudain :

– Hé, les trois Mousquetaires, sortez de votre Q.G. ! Il faut immortaliser ce moment. C'est le début d'une grande aventure pour vous. Je vais vous prendre en photo.

Nous nous précipitons pour la rejoindre.

– Mettez-vous devant votre cabane. Voilà. Parfait !

Je me suis glissée entre mes deux amis. Ma cousine n'a pas besoin de nous demander de sourire. On est tellement contents qu'on rit de toutes nos dents. Clic !

– Une autre, Florine ! je m'écrie.

Je me faufile près d'Emma. Je suis à côté d'elle et elle est à côté de Théodore. M. Jaurin apprécierait cette précision géographique. Clic !

– Une dernière, s'il te plaît !

Cette fois, Théodore est au centre. Clic !

Florine nous promet de nous envoyer les clichés. En attendant, nous les admirons sur son portable.

J'adore ces photos. Maintenant, j'ai trouvé ma place.

Et je suis prête à défendre mon nom. De toutes mes forces.

En avant pour la bataille !

À suivre…

TABLE DES MATIÈRES

BIOGRAPHIE DE NATHALIE CHARLES,

par Salomé Lortal

Nathalie Charles est née en 1964, à l'époque où Internet et les smartphones n'existaient pas encore. Elle a grandi à la campagne. Comme elle n'avait ni frère ni sœur ni animal familier avec qui jouer, elle s'amusait à s'inventer des vies : reine imaginaire, chevalière imaginaire, journaliste imaginaire. Et elle passait beaucoup de temps avec sa grand-mère.

Au collège, ça n'a pas toujours été facile pour elle. Je la comprends ! Elle était timide, nulle en sport et très bonne élève. Un jour qu'elle écrivait une histoire sur un cahier de brouillon, sa voisine l'a lue et lui a demandé la suite. C'est comme cela que Nathalie Charles a écrit son premier roman feuilleton, *Tatiana et les extraterrestres*. Il a eu beaucoup de succès auprès de ses copains et on ne l'a plus jamais embêtée avec ses résultats scolaires. Trop dommage que le cahier se soit perdu ! Ma petite cousine Émilia aurait adoré !

Maintenant, Nathalie Charles est professeure de lettres, comme Mme Fourmain, sauf qu'elle enseigne dans un lycée et qu'elle n'anime pas de club-théâtre. En revanche, elle a participé à des formations musicales comme parolière et chanteuse, ce qui paraît incroyable pour quelqu'un de timide. Mais les timides font souvent des choses incroyables ! Quand elle ne parle pas à voix haute devant ses élèves, elle parle dans sa tête en écrivant des romans pour la jeunesse. Et elle adore ses métiers.

BIOGRAPHIE DE NAOMIKADO

Naomikado est née en 1991 à l'île de la Réunion. Après des études en communication graphique en région parisienne, elle travaille en tant que graphiste et développe son activité d'illustratrice.

En 2013 elle se lance en tant qu'illustratrice freelance. Elle dessine régulièrement pour l'édition et la presse jeunesse.

De la même auteure,
en Rageot Romans :

Ma première soirée pyjama

Un pyjama original, ses copines préférées, des bonbons à volonté…

Inès a tout prévu pour sa première soirée pyjama. Sauf les imprévus !

Ma première fête surprise

Des cadeaux, de la musique, beaucoup d'amis… Et le plus grand secret entre Inès, Lucas et Maud pour préparer la soirée d'anniversaire de leur père !

Mon premier week-end sans parents

Des tonnes d'invitations, une boum dans le salon, des films d'horreur…

Inès, Lucas et Maud sont bien décidés à profiter de l'absence de leurs parents ce week-end !

Retrouvez toutes les nouveautés sur le site
rageot.fr

PAPIER À BASE DE FIBRES CERTIFIÉES

RAGEOT s'engage pour l'environnement en réduisant l'empreinte carbone de ses livres. Celle de cet exemplaire est de :
400 g éq. CO_2
Rendez-vous sur www.rageot-durable.fr

Cet ouvrage a été composé par IGS-CP
à L'Isle-d'Espagnac (16)

Achevé d'imprimer en France en avril 2019
par l'imprimerie Normandie Roto Impression s.a.s. (Alençon)
Couverture imprimée par Boutaux (Le Theil-sur-Huisne)
Dépôt légal : mai 2019
Numéro d'édition : 7365-01
Numéro d'impression : 1901364